講談社文庫

# ひかりの剣1988

海堂 尊

講談社

# ひかりの剣1988●目次


序……6

第一章　明鏡止水　桜宮・東城大　冬……8

第二章　クラウディ　東京・帝華大　冬……28

第三章　春風駘蕩　桜宮・東城大　春……46

第四章　マリオネット　東京・帝華大　春……62

第五章　剣心一如　桜宮・東城大　初夏……86

第六章　ミラージュ　東京・帝華大　初夏……106

第七章　獅胆鷹目　桜宮・東城大　夏……120

第八章　セキレイ　東京・帝華大　夏……136

第九章　サブマリン　第三十七回医鷲旗大会　夏……150
第十章　マリンスノー　夏……194
第十一章　寒月牙斬　桜宮・東城大　晩秋……214
第十二章　エゴイスト　東京・帝華大　冬……224
第十三章　竿頭一歩　桜宮・東城大　春……236
第十四章　遠雷驟雨　桜宮・東城大　夏……250
第十五章　ヒーロー　東京・帝華大　夏……260
第十六章　英雄降臨　第三十八回医鷲旗大会　夏……268

ひかりの剣1988

# 序

一九八八年。バブル景気真っ盛りの時代。

医療の世界も好景気に沸いていたが、五年前の一九八三年に霞ヶ関から発信された医療費亡国論という言葉の下に医療費削減、ひいては医師数の削減へと舵を切り始めていた。

だがその影響はまだ表出せず、医師は医療に集中し、医学生は学生生活に明け暮れることができた麗しの時代。それはある意味で医療界の頂点だった。

真面目に授業に出席する医学生も多かったが、医学生時代を長いモラトリアムと考え、自分の興味を追求し、クラブ活動やボランティアに明け暮れる者も少なくなかった。運動部は活気があり、医科学生体育大会が年一度開催され、そこでの覇権争いが彼ら医学生にとって一番の関心事だったりした。

患者の命を預かる医師の卵として、そのような過し方はいかがなものか、という意見もあるだろう。だが医療とは教科書を覚え疾患名で頭の中をいっぱいにするだけで習得できるものでもない。

大きなものほど、ゆっくり育てなければならない。

医学生は医療の素人で、普通の大学生のようにサークル活動に励みながら、医学の枠組みをゆったりと身体中に染みこませていくことができた、ゆとりがある時代だった。将来、大きな存在として育つ多くの才能は、まだ繭の中で成熟の時を待っていた。彼等は、医学と無縁の小世界の中で、激情をぶつけ合った。

その小宇宙のひとつが医学部剣道部の象徴的大会、医鷲旗大会だ。

いずれ医療界で悪戦苦闘することになる彼等も、医学生の当時は授業をサボり、ひと振りの剣を持ち、全存在をかけてかりそめの命のやりとりを行なっていた。

そうした時代に舞い降りた、豊かな才能を持ったふたりの男。

ひとりは、剣の道をまっすぐに追求する男、東城大学医学部剣道部主将の速水晃一。もうひとりは、あり余る才能をもちながら、それ故にその世界を疎んじている奸雄、帝華大学医学部剣道部主将の清川吾郎。

ふたりは東城大の猛虎、帝華大の伏龍と並び称され、鎬を削り、覇権を争うことになる。お互いの引力に時に従い時に逆らい、それらが互いに干渉し衝突し、新たな磁場が生成される。

ふたりが相まみえる日は、近づいていた。

# 第一章

## 明鏡止水

### 桜宮(さくらのみや)・東城大　冬

夜明け前の闇は濃い。切り爪のかけらのような月の淡い光が、古びた建物の輪郭を寒々と照らし出している。

夜の底に沈んだ建物に男が歩み寄る。無彩色の世界の中、吐息が扉の前に漂う。深呼吸をひとつ。凍えた世界の殻を砕く。

道場の玄関の引き戸を開ける。首筋を掠め一陣の風が吹きこむ。長身のしなやかな肢体が、月光に浮かび上がる。

玄関に上がる。左手に剣道場、右手には更衣室とシャワー室。その奥には柔道場。右手の更衣室に向かおうとして、男は一瞬足を止めた。剣道場の扉を開く。二十畳ほどの黒々と底光りのする板敷きの床が広がる。

剣道場の冷気が身体にしみこんでいく。

その男、東城大医学部剣道部主将・速水晃一は、深々と息を吸うと一礼した。手探りで更衣室の壁のスイッチを押すと、蛍光灯の光が部屋を照らし出した。

「ち、凍ってやがる」

速水は鴨居に掛けられた藍染めの道着を手にして、床に投げ捨てる。広がった布は、藍染めの小さな湖だ。息を止めると、服を一気に脱ぎ捨てる。寒さの繭の中で、身体を丸めたくなるのをこらえ、凍った道着の袖に腕を通す。道着の紐を結び、袴に足を通す。

袴の紐を一回半、腰に回して前で結ぶ。腰を手のひらで、ぱんと叩く。

「よし」

緋色の胴を手にして面金と小手、垂をひとまとめにして、小脇に抱える。竹刀立てから竹刀をひっ摑み、扉を押し開ける。

風が鳴る窓に、月。灯りを灯すと、窓に室内が映りこみ、月が姿を消す。黒い鏡の中、速水の胴が篝火のように燃えている。

速水は、小あがりの畳の間で小刀を手にして、剣先のささくれを削り落とし始める。すると道場の扉が開いた。

「ちーす。早いっすね、速水先輩」

小柄な男が両手に息を吹きかけながら入ってくると、速水は低い声で答える。

「小谷、いい加減にしろよ。副主将のくせに毎日ぎりぎりまで寝やがって」

速水の言葉に小谷は首をすくめる。

「素早い身支度というのも修業のうち、ということで」

口が減らないヤツ。副主将の自覚を持て、と言ってもまだ二年生では無理か。

「ごたくはいいから、とっとと着替えて水を汲んでこい」

「へーい」

小谷が更衣室に入ると入れ替わりに後輩がふたり、連れ立って入ってきた。一年生の鈴木と河井だ。ふたりとも速水に黙礼すると、更衣室に姿を消す。

道場の窓硝子を風が鳴らす。

しばらくすると、大柄な男が入ってきた。五人目。速水は、男に目礼をする。男はちらりと速水を見て、黙って更衣室に向かう。

扉のところで、男は着替え終えた小谷とはち合わせした。

「前園先輩、お疲れさまです。今日は一段と寒いですね。また徹夜勉強ですか」

「ちっとは寝たさ。俺が着替え終えるまでに、雑巾掛けを済ませておけよ」

「ちーす」

小谷が道場の外から、水を湛えたバケツを持って戻ってくる。鈴木と河井が更衣室から顔を出す。小谷は朗らかに言う。

「お前ら、先輩よりゆっくりの出勤とはいいご身分だな」

一年生は顔を見合わせて、頭をかく。小谷はバケツを床に置きながら言う。

「いよいよ最終日だ。気合いを入れて寒稽古最大の山場、雑巾掛けを乗り切るぞ」

速水はひっそり笑う。確かに朝一番の雑巾掛けは、寒稽古の最大の山場かもしれない。速水も小あがりの畳から下り、雑巾を手にする。濡れた雑巾は床の冷気を集め、抜き身の刀身のように冷たい。両手で握った雑巾をバケツに沈めた。皮膚が無数の小さなメスで切り裂かれるような痛みを感じた。


狭い道場は試合コートを一面取ると、ほとんど余地が残らない。代わりに、一段高い畳の小あがりが三方にめぐらされている。そのゆとりが道場を狭く感じさせない。畳のない一面に神棚が備えられ、「明鏡止水」という額が掲げられている。

狭い道場にも利点はある。雑巾掛けが早く済むことだ。速水と後輩三人は、床に手をつき雑巾を走らせる。ひとり一回、道場のすみからすみまで雑巾で走る。それが部員の義務だ。道場の床の底光りは、日々の研鑽の賜物だ。

床の雑巾掛けを終え、一年生の鈴木がバケツの水を捨てに行く。他の三人は、各々の防具一式を小あがりの畳の間に置く。速水は下座に置かれている太鼓のバチを手にする。鈴木が戻ってきたのを見て、太鼓を打つ。

初めはゆったりと、そして次第に細かく音を刻んでいく。

速水の「円陣」という掛け声と共に、四人が輪になる。四人だと円陣と方陣の区別がつかないな、などと意味のないことをぼんやり考える。

そこへ前園がのそりと姿を見せる。すると円陣は、たちまち五芒星（ごぼうせい）に変化する。

「準備体操、はじめ」

道場の冷気の中、号令の声はいつもよりよく通る。五人が一斉に声をあげる。

「イチ・ニー・サン・シ」

掛け声と共に、身体の先端から中央にかけて、単純な身体動作を重ねていく。

始めはかじかんでいた五人の声も、いつしか伸びやかに道場に響いていく。

凍った道着から白い湯気が立ち上り始める。


準備体操を終え、各々の面小手を手に、一列に並ぶ。上座の速水は、横目で整列加減を確かめて、号令を掛ける。

「着座」

正座して目の前の面小手を整える。場の空気がしん、と静まる。

速水は背筋を伸ばす。腹に力を込め、声をあげる。

「正座」

顔を上げ、一瞬神棚の隣に掲げられた額を見て、「明鏡止水」と心で読み上げる。

目を閉じる。静まり返った道場の冷気が襟元や袖口から侵入してくる。

「黙想」

語尾を長く引く。五人の影が、彫像のように時を止める。

壁に掛けられた古時計の、時を刻む音が急に大きく聞こえる。

「やめ」

眼を開けた瞬間、速水の眼に赤々と燃えさかる篝火(かがりび)の炎が映りこんだ。

それは窓硝子に映った速水の緋色の胴の反射だった。

竹刀を打ち合う音が道場に響く。吐く息が白さを失った。顔を上げると、窓硝子が白く輝いている。面金の奥、眼を細める。

日の出だ。

寒稽古は、心身の消耗が激しい。氷点下の世界の中での運動は、通常の数倍の体力が必要だ。しかも折り返し地点で疲労の質が変わる。寒さのかけらが紛れこみ、薄刃のように残された体力を削ぎ落としていく。

だが、最後の打ちこみになると、再び肉体にふつふつと気力が湧いてくる。

暗闇の中、道場の隅に緊急避難していた気力の小片が、朝陽と共に本来の巣である身体に帰還してくる。

速水は、気勢をあげる。前園がぐん、と胸を張る。速水はその懐に踏みこみ、面を打ち据える。駆け抜けた剣先の果てに朝陽の煌めきが見えた。

下級生は膝に手をつき、荒い息をしていた。ひとり前園は涼しい顔で後輩の醜態を見下ろしている。速水は心の中で呟く。

——ご老体なのに、大したものだ。

ご老体と呼ばれるたびに前園は激怒する。医学部五年生、春が来れば最上級の六年生。一浪だから二十五歳。三歳下の速水にご老体と言われれば、むかつくのも当然だ。

だが、速水は半分尊敬の念をこめ、あえて前園をご老体と呼ぶ。医学部では、運動部員は五年の秋に引退する。医師国家試験の勉強のためだ。そんな中で部活を続けている前園には、少々ひねくれた尊称がしっくりくる。

膝に手をつき辛うじてわが身を支えている三人の後輩。傲然と面を上げ遠くを見つめる、引退を延期したロートル先輩。激しい稽古に、みんなよくついてきてくれたものだ。

速水は声を張りあげる。

「寒稽古も終わりだ。気合いを入れていけ。気を抜くと怪我をするぞ」

後輩が顔を上げる。かすれ声で、おう、と応じる。

「切り返し」

速水の号令に気力を振り絞った一年生ペアは、よれよれの剣筋で小さく切り返す。本来ならやり直しだが、今日だけは大目にみよう。小さな切り返しは速い。あっという間に鈴木は切り返しを終える。

速水の正面、小谷が竹刀を振りかぶる。一直線に面に打ちこみ、体当たり。鍛えられた年月が一年違うせいか、刃筋の軌跡は大きい。体当たり後に距離を取ると、左右に切り分ける。速水の竹刀が、リズムに合わせて刃先を受け止める。

小谷の剣は軽い。それは短所であり、長所でもあった。

竹のぶつかり合う清潔な音が、左耳に流れこんでくる。朝陽が道場いっぱいにあふれる。隣では、一足先に河井の切り返しも終わった。

小谷が面を打ち、駆け抜ける。追走した速水は、小谷が振り返ると同時に面を打つ。一息に左右の切り返し。前進前進前進前進前進。五歩の前進の後、竹刀を切り落とし四歩後退。合わせて小谷は五歩下がり、四歩進む。

最後の切り落としで間合いを切る。

距離を取り、一瞬の間。次の瞬間、面を打ち抜いて、小谷の側を一気に駆け抜ける。面のかけ声が長く伸びる。

その声が尽きた時、暗く長かった寒稽古が終わりを告げた。

整理体操の後、黙想を終える。

両手を床につき、礼。全員が顔を上げると、速水は最後の号令を掛ける。

「これにて寒稽古終了。以上、解散」

その声が終わらないうちに、前園以外の後輩三人が両手を上げ、ばたりと後ろに倒れこむ。

「終わったあ。さあ、明日からは春休みだぞ」

小谷が天井を見上げながら言う。

「でも先輩、その前に、今夜の打ち上げがあるっす」

一年生の河井の言葉に、小谷は横を見ながら、言う。

「打ち上げなんて楽しむだけさ。それなら、もう休みに入ったのと同じだ」

前園は立ち上がり、速水に言う。

「悪いが、今夜の打ち上げは欠席させてもらう」

速水はうなずく。前園は防具を抱えて更衣室に向かう。やがて、シャワーの水音が聞こえてきた。小谷が小声で言う。

「前園先輩は六年生なのに寒稽古なんかに出ていて大丈夫なんすかね、国試」

「前園さんがいなければ五人制の試合が組めないんだから、出てくれるだけでありがたい。それにそれは俺たちがとやかく言うことじゃない」

「どうしてです？」

速水は小谷の顔をちらりと見て言う。

「知らないのか？　前園さんは、成績は学年トップ・ファイブの優等生なんだぞ」

「ひええ、そうだったんすか。おそれいりました」

シャワーの水音が止み、扉の向こうから野太い声がした。

「くだらないことをくっちゃべっているヒマがあったら、素振りでもしてろ」

速水は小谷をにらんだ。「見ろ。お前のせいで怒られた」

小谷は首をすくめた。小声で言う。

「前園先輩には完全に参りました。学業優秀な硬派、おまけに地獄耳だ」

再び怒声が響く。

「勘違いするなよ、小谷、俺は好きで硬派してるんじゃないんだからな」

小谷と速水は顔を見合わせて苦笑した。

道場の後始末を小谷に任せると、速水はこの後どう過ごすか考える。

時間を潰そうにも、朝の八時半に開いている店なんてない。近くに開店したコンビニくらいだが、立ち読みや朝飯を買うためだけに山を降りるのも面倒だ。

速水は、授業に顔を出すことにした。田口や島津がいれば、雀荘に誘おう。

教室を覗くと、前方の座席に小太りの島津の背中が見えた。速水は島津の斜め後ろの席に座り、小声で言う。

「このコマ、出るのか？」

振り返った島津は、話しかけたのが速水だと気づいて、視線をノートに落とす。

「久しぶりにヒトコマに出てきたかと思ったら、いきなりサボリのお誘いか？」

島津はノートに板書を書き写しながら続けた。

「だいたい、なんでお前がヒトコマに出てるわけ？」

「悪いか？」

島津は顔を上げる。速水の髪が微かに濡れているのを見て、うなずく。

「ああそうか。剣道部は寒稽古だったっけ」

「おかげで時間を持て余しちゃってさ。今から『すずめ』に行こうぜ」

「遠慮する。俺には、放射線診断学は重要なんで、このコマは出る」

速水は肩をすくめ、小声で尋ねる。

「田口はどうした？」

「当然サボリ。最近、変てこな場所を見つけたといってたから、たぶんそこだ」

「そういや以前、ミクロ実習室でのサボリが見つかって大目玉をくらったっけ」

島津は速水に言う。

「サボリもあそこまで徹底すれば立派なもんさ。それにしても、俺みたいに真面目な優等生に、お前や田口みたいなのがすり寄ってくるのには迷惑してるんだ」

「島津が優等生？　は、笑わせるぜ」

「運動部代表のサボリ速水と、文系代表のサボリ田口の二枚看板は、下の学年にも鳴り響いている。お前たちと比べれば、誰でも立派な優等生に見えるのさ」

その時、教壇から叱責の声が響いた。

「そこ、喋りたいなら外に出ろ。授業を聞けとは言わないが、教室内では私語厳禁だ」

島津は小声で言う。

「みろ、怒られたじゃねえか。サボりたいなら、勝手にサボれよ」

島津を悪の道へ誘導するのに失敗した速水は、すごすごと教室を出ていった。

冬晴れの空は高い。地平線際には細い月。時と共に、その下弦の月は薄氷のように、冷たい陽射しの中に溶けていく。

――こんなに空が高い日に、箱庭に閉じこもる連中の気がしれないぜ。

速水は道ばたの枯葉を蹴りながら、意味も目的もなく歩く。

振り返ると、今出てきたばかりの校舎が目に入る。古い石造りの建物、通称赤煉瓦棟。正面遠くには、建築中の新病院棟が見える。外壁は工事のグレーの幕に覆われているが、白亜の十三階建ての病院棟になるのだという。完成時には低層の都市、桜宮市の白く輝くランドマークになるはずだ。

気がつくと、速水は新病院へ向かう土手に来ていた。土手を下りれば道場だ。

——他に行く場所はないのかよ。

速水は改めてまじまじと、道場を見た。建築物として認識したのは初めてかもしれない。毎日使用する道場もふだんよく見ていないもんだな、と思う。

建築中の新病院の遠景と、眼前の道場を見比べる。桜宮市街のあちこちで建築ラッシュだ。新しい建物が建てられていく隣で、歴史ある建造物が失われていく。破壊と生成はコインの裏表。どちらか片方だけでは存在できない。

歴史ある剣道場も、三年後に新体育館が建築されるため、取り壊しが決まっている。

——鈴木や河井が上級生になる頃は、引っ越しで大変だろう。

脇を見ると、風になびいたカーテンが、道場の窓からあふれていた。白い布が見え隠れする合間に、大きな背中が見える。速水は玄関に回った。

引き戸を開け、足を踏み入れる。

「お疲れさまです」

窓枠に腰を下ろし、竹刀の手入れをしていた前園は、速水を見た。

速水は珍しく単純かつ素直に気持ちを表わしたくなった。

「夏の大会まで参加してくださってありがとうございます」

前園は小刀を窓枠に置き、目を細めて速水を見た。

「何だ、改まって。気持ち悪いな」

「もし先輩が残留してなければ、医鷲旗大会への参加も危なくなりますから。一人欠員すれば不戦敗ひとつ。団体戦は五人戦だから、確実な一敗は致命的です」

「今年の大会は群雄割拠、混戦模様だもんな。だがな、感謝するには及ばんさ。俺は自分が優勝したいだけなんだから」

前園は遠くを見つめる。

「あとほんのわずか、数センチ、いや、数秒で医鷲旗をこの手に抱けたのに」

速水は去年の夏を思い出す。昨年の第三十六回医鷲旗大会。東城大は、準決勝で宿敵・帝華大を僅差で破り、十年ぶりの決勝進出を果たした。大将戦は東城大・前園と極北大・水沢の一騎打ち。

そこまで一勝一敗二引き分け。本数で一本負けていたから、引き分けでも負けという重圧の中、前園は開始早々、水沢から面を先取した。

激しい打ち合いをしのぎ、時は経過していく。十中八九優勝を手にしたはずの終了十秒前。極北の業師・水沢の放った捨て身の引き小手に、即座に上がった二本の白い旗。

医鷲旗が速水たちの手からこぼれ落ちた瞬間だった。

引き分け。前園は負けなかった。だが、本数差でチームは負けた。

あの日からずっと、前園は最後の十秒を反芻し、自分を責め続けている。

前園は、俯いて竹刀の剣先を見つめ、呟く。

「このままでは卒業できない。俺は自分の気持ちにカタをつけたい。そのために出場するんだ。結果的にお前たちを助けることになっても、それは本意じゃない」

速水はうなずく。

「先輩は外科に行く前に、医鷲旗を手に入れたいんですよね？」

医鷲旗とは、東日本医科学生体育大会剣道部門の優勝旗の別称。医学生の間では、その旗を手にした覇者は外科の世界で大成する、という言い伝えがある。

前園は口の端を上げる。

「俺は高校剣道でちょっと名が売れていたから、医学生の大会程度なら、すぐ優勝できるだろうとタカをくっていたんだ。ところが、とうとうこの年になるまで優勝できなかった。医学部全体が様変わりして、インターハイに出場したようなヤツらが大挙して医学部に入学するようになってしまったんだ」

速水はうなずいた。

「この二、三年で台頭してきたところには、必ずそういうヤツがいますね」

「鬱陶しいことだ。ざっと見渡しただけでも、名の売れた強豪には、崇徳館(すとくかん)大の天童(てんどう)、極北大の水沢、それにお前がいるものな」

「おだてても何も出ませんよ。俺はインターハイには出てませんし」

「だが、それに匹敵する強豪だろ」

「それを言うなら、前園先輩だってそうだし、帝華大の清川も、でしょう」

前園先輩は首を振る。

「清川が、この一年で急速に力をつけてきたことは認める。だがアイツは問題ない。はしこいだけで、一番大切な、剣のこころが欠けているからな。それに帝華大は五人メンバーが揃(そろ)うかどうか、わかったもんじゃないし」

「ウチといい勝負でしょう。ほら、今年のウチにはもう三上(みかみ)先輩もいないし」

前園と同期の三上はポイントゲッターだった。医学部運動部のノーマルなパターンで、五年の夏の大会で引退した。前園は笑って言う。

「確かに三上が欠けた穴はでかい。だけど、帝華大と互角になるようなザマになりたくないから、俺は引退を延ばしたんだ」

「そうでしたね」

前園は力強く言い放つ。

「取るぞ、医鷲旗」

速水はうなずく。前園は続ける。

「いずれ近いうちに、医学部剣道部の興隆も終わる。速水、お前や俺は幸せな時代に、医学部剣道部に在籍できたことになるだろう」

「どういう意味ですか？」

「お前は剣道部の右肩上がりの部分しか知らないから実感はないだろうが、俺が入部した頃は、医学部の運動部は、それはさみしいものだった。それがここ二、三年急に活発になった。それは医学部の定員が、ここ数年、増員され続けたからだ。だが、医学部の運動部はいずれ、以前のように下火に戻るはずだ」

「どうしてです？」

「顧問の糸田教授がおっしゃるには、東城大医学部は百二十人の定員が、来年は百人に減らされ、将来は最終的に八十人にまで減るんだそうだ」

「医学部の定員減ですか？　なぜなんです？」

前園の説明によると、このままでいけば二〇〇〇年には医者余りの時代になり、医療費も増大する一方。それで厚生省が医者を減らす方向に舵を切ったという。第一弾として、医学部の定員削減に走ったのだという。速水は尋ねる。

「病院の先輩を見ていると忙しそうで、医者が余っているように見えませんけど」

「現実には医者はまだ足りない。だけどこのままだと、莫大な医療費が国を滅ぼすという、医療費亡国論を主張する厚生省の官僚が先頭に立って旗を振っているらしい」

　その主張をつきつめると病人や怪我人を切り捨てる方向へ向かうのではないか、と速水は一瞬危惧を抱いた。だが、今の速水の関心事は医療の未来像ではなく、目先の医鷲旗の一勝だ。速水は言う。

「定員削減されても、すぐに部活がダメになるわけでもなければいいんです」

「剣道部さえ安泰なら、それでいいわけだな」

　前園は笑って続ける。

「糸田教授が言うには、運動部で活躍している学生はボトム20の連中だそうだ」

「何ですか、ボトム20って？」

「入学試験での成績が下から数えて二十番目までのヤツらのことさ」

「そりゃ、ひどい。いくら糸田教授のお言葉とはいえ、あんまりです」

　速水は一瞬、肩を聳（そび）やかしてから、がっくり肩を落とす。

「まあ、自覚はありますけど」

前園が言う。

「そうでもないさ。糸田教授は感心してたぞ。速水は、外科系以外の平均点はボトム20なのに、外科系の点数がトップクラスで総合成績も上位なんだそうだ。どうしてサボっているのに外科系の成績だけはいいのか、不思議がっていたよ」

「そうやって顧問と前主将が一緒になって、後輩の悪口を言いまくっているんですね」と速水がむっとして言うと、前園はぽんと肩を叩く。

「そういう理解ある顧問と前主将が一緒になって、授業態度の悪い後輩の評判を落とさないように見守っているから、今日のお前があるんだ」

ぐうの音もでなかった。そんな速水を見て、前園は、静かにうなずく。

「お前は不幸な時代に生まれたな。十年前なら楽々医鷲旗を取っていただろう」

「でも十年前なら、医学部に入学できなかったかもしれません」

速水の切り返しに、「それもそうだ」と前園は笑う。

前園のあけすけな笑顔につられ、怒って見せなければいけないところなのに、速水はうっかり笑ってしまう。前園がぽつりと言った。

「誤解するなよ、糸田教授はボトム20をバカにしてはいない。外科とか救急とか、修羅場で頭角を現すのは、たいていボトム20出身者なんだそうだ。糸田教授は、表層的な改革に走る厚生省路線を心配している。この調子では二十年後、救急や外科が崩壊することにならんか、とね」

基礎系の生化学教室の糸田教授の温厚な笑顔が、脳裏に浮かんだ。

その時、チャイムが鳴った。前園は時計を見て、立ち上がる。

「ヤバい。ベッドサイド・ラーニング（臨床実習）の時間だ。戸締まりを頼む」

前園は竹刀を竹刀立てに放りこみ、そそくさと出ていこうとした。

けれども急に戻ってくると、ポケットから千円札を取り出して、速水の手に握らせた。

「試験が始まったから忙しい。打ち上げには参加できないが、カンパだ」

そう言い残して、前園は姿を消した。速水はその背中に大声で礼を言った。

# 第二章　クラウディ

## 東京・帝華大　冬

「清川はまたサボリか」

新保主将が吠えるのを片耳で聞きながら、もう片一方の耳でウォークマンのテープに耳を澄ます。BOØWYの音楽は、ぼくの心を、ここではないどこか遠くへ駆り立てる。

体育館くらい広い道場。それがムダに広いなんて思っているのは、たぶんぼくだけだろう。なぜなら、そんなことを考えること自体ムダだからだ。

真冬の夜明け前に稽古をするなんて、不合理きわまりない。筋肉の伸縮だって悪いし、怪我もしやすい。日本の武道って、なんて非論理的なんだろう。まあ、ぼくに剣道を非難する筋合いなんてないけど。毎日遅刻し、新保主将の怒りが爆発する直前に駆けこむ。そのスリルはささやかなレクリエーション。その楽しみのためだけに、寒さに震えながら、天井桟敷から新保主将の怒り具合をモニタしている、というわけ。

そんなに稽古がイヤなら剣道部をやめればいいのに、と言われたこともあるし、そうすることが合理的な判断だ、ということくらい、ぼくにもわかるけど、結局ぼくはそうすることなく今日に至る、というわけだ。

なぜだろう。答えはわかってる。

どうやら、ぼくは生まれつき剣道の才能に恵まれてしまったらしい。才能の神様というのは不公平で気まぐれな女神で、つれない男になびくらしい。そして世の中というヤツは、才能のある人間は、才能あるエリアに閉じこめておきたがるものらしい。

ぼくは、自分の才能という檻の中でぐうたらしている雪豹だ。檻に嚙みつきさえしなければ、檻の中でも外でも大して変わらない。だから、心はいつもグレイでクラウディ、というわけ。

更衣室の中に洒落たロフトのように作りつけられた、畳敷きの道具置き場。

その小窓からは稽古場の全貌を見下ろすことができる。

ぼくは畳に寝そべり、ＢＯØＷＹのメロディを耳に流しこむ。そして時折ちらりと道場の稽古の進行具合をモニタする。

寒稽古は寒い季節に行なわれるから、冷たい畳に寝そべっていることが、すでに、かなり不自然な努力なわけで、これは通常のサボリの範疇を逸脱している。

小窓から稽古を見下ろしながら考える。新保主将なんかあんなに努力しているのだから、その努力に応じて、少しくらいぼくの才能をわけてあげられればいいのに、と。

だけどダメなんだよな、これが。

たった数ミリの軌跡の違いが、相手の面金に届く速度コンマ一秒に変換される。筋繊維一本一本の動きをサポートする変換公式を理解できれば、相手の剣筋に即座に反応できるはずなんだけど。でも狭い小窓から眺めていると、この話がわかるヤツはこの道場には、ひとりもいないことがわかる。

数ミリの軌跡の違いがコンマ一秒に換算されるという感覚は、自転車に乗るのと同じことで、ひとこと言えば、わかるヤツにはすぐわかる。眼をつむってでも両手を離してでもすぐにできるようになる。だけどわからないヤツにはいくら手取り足取り教えても、決して理解できないものなんだ。

後輩の情報によれば、新保主将は次期主将にこのぼくを指名するつもりらしい。客観的に見ればそれしか選択肢はない。だって次の主将候補はぼくと同期の坂部(さかべ)だけど、比べるのもばかばかしいくらい、ふたりの間には実力差があるのだから。

仕方がない。だってほら、ぼくって才能を持って生まれてしまったんだから。

剣道の才能と、主将として部活を牽引(けんいん)していく才覚は別物だし、ぼくは毎日をケ・セラ・セラで生きればいいと思う。どうせこんな部活、医者の激務に明け暮れるようになる前の一瞬のモラトリアム、楽しくやろうぜ、レッセ・フェール。

こんなメンタリティのぼくに、由緒正しい帝華大学医学部剣道部主将なんて、務まるはずがない。稽古をサボることに血道をあげるような人間を、勤勉な官僚養成大学の運動部のトップに据えるなんて、旧弊に満ちた日本社会では絶対にありえない選択肢なんだから。

ぼくは小窓から、道場全体を見下ろす。弱小とはいえ天下の帝華大学だけあって、人数は多い。だけどそれは、医療系部員が合同稽古をしているからで、看護学部や薬学部の部員を含めて、水増ししているだけだ。まあ、稽古のバリエーションを思えば、人数は多いにこしたことはないけど。

部員は総勢十六名。医学部は七名。そのうち勝ちを見込めるコマは三枚。新保主将と今井先輩の二枚看板とぼく。残念ながら、あとはスカだ。

ぼくだって医鷲旗が欲しい、とは思う。だけど、努力の投資回収率を考えると、それはルーレットの一点賭けで勝つに等しい確率だ。主将になったら、医学部以外のメンバーも統率しなければならない。面倒で実入りが少ない、そんなもののために努力をするくらいなら、才能という名の檻の中でぬくぬくと眠りこける方が素敵ってもんさ。

ゆるやかなバラード、「わがままジュリエット」と共に、ガールフレンドが作ってくれたベストテープのA面が終わった。

そろそろ日の出だ。斜め四十五度に切り立っている天窓から、一条の朝陽が差しこんでいた。さて、そろそろ道場に下りて、看護学部の女子部員の列にもぐりこむか。梁を伝い、更衣室に回りこむ。道着に着替え、腕を回す。

体調は良好。咳払いは、風邪を押してやって参りました、というアピール。怖いのは新保主将の眼と、塚本女責（女子部責任者）のチェックだ。特にぼくと同期で遠慮知らず、塚本の監視網はなかなかだけどノープロブレム、そんなもの、簡単にすり抜けてみせるさ。ぼくは口笛を吹く。

「清川君、ごゆっくりの登場だね。遅刻した者同士、稽古をつけてあげようか」

ぎょっとして振り返る。ぼくが気配を感じずに背後を取られるなんて。

道着姿の小柄な男性が、竹刀を携えてにこやかに笑っていた。うげ、まさか高階顧問だったとは。呆然としたぼくを楽しげに見て、高階顧問は言う。

「清川君、私は密かに期待をしているんだよ。わが帝華大学に医鷲旗を再びもたらしてくれるのは、君しかいない、とね」

「光栄ですが、そのことを相手に喋ったら、それは〝密かに〟ではないのでは？」

「おっしゃるとおりだね。まあ、稽古時間も残り少ない。これから地稽古につきあってもらおう。話の続きは稽古が終わった後に、改めて」

高階顧問の後ろ姿を見つめて、肩をすくめた。どうして、滅多に部活に顔を出さない顧問が来た日に限って、バッティングしてしまうんだ？

帝華大の阿修羅とサシの地稽古だって？　こんなことなら、始めから参加すればよかった。ああ、なんてアンラッキーなぼく。

ばかばかしい。後悔先に立たず。天に唾すれば自分に還る。

ぼくはストレッチを始める。いつもより念入りに。だってこれから、帝華大の阿修羅のしごきを耐え忍ばなければならない。帝華大剣道部名物、阿修羅の極楽稽古。いったいどこが極楽なんだ、と以前、へろへろになりながら愚痴ったら、塚本のヤツは笑って、極楽と地獄は紙一重よ、と言った。

――ひとごとだと思いやがって。

伸展される筋肉の名前をひとつひとつラテン語で復唱する。テンドウ・カルカネウス、つまりアキレス腱から始めて、ムスクルス・ソレウス、ムスクルス・ガストロクネミウス、ムスクルス・ペロネウスロングス……ちくしょう。あの、タヌキ親父め……ムスクルス・ビセップ・フェモリス、ムスクルス・レクトゥス・フェモリス、ムスクルス・セミテンドノサス、ムスクルス・ヴァスタス・インターメディアリス……。

ぼくはいつもこうなんだ。中途半端に逃げ出すと、かえってひどい目に遭わされる。脳裏に高階顧問の稽古姿が浮かぶ。極楽稽古に向かう自分の背中を、前に聞かされた言葉が追いかけてくる。

『医鷲旗を再びわが母校にもたらしてくれるのは、君しかいない』

は、そんなの買いかぶりだって。高階顧問がかつて達成した医鷲旗の奪回なんて、ぼくみたいなちゃらんぽらんな人間には無理ですよ。

大きな姿見の鏡の中の自分に向かって、ぼくはへらりと笑う。

ぼくはこうやって、いつでも何かに向かって照れている。

砂糖菓子のように甘い周囲の期待にうんざりしながら、才能の檻の扉を開け、道場へ一歩、足を踏み入れた。

竹刀のぶつかり合う音。地稽古の真っ最中だ。高階顧問は上座に正座している。

帝華大学外科学教室の輝ける新星。世界に羽ばたく序曲としての米国留学から昨夏帰国してすぐに、剣道部顧問に着任されて、はや半年。稽古には、ごくたまにしか顔を出さない。ああそれなのに、何という不運。

高階主将率いるわが帝華大学が医鷲旗を手にしたのは十年前。弱小の帝華大学医学部の奇跡、と語り継がれている伝説。決勝戦では序盤のふたりが二コロ二コロで負けて崖っぷち、絶体絶命の窮地から、檄を飛ばし大逆転に導いた立役者。その檄は、さまざまなバリエーションとして後輩に伝えられ、本当のところはヤブの中だ。着任祝いの会の席上で本人に聞いたら、にっと笑って「覚えてませんねえ」とあっさりとのたまったものだ。以来、高階顧問はぼくの密かなお気に入り。だがそれから十年、帝華大学医学部剣道部は一度として医鷲旗に触れることができずにいる。高階顧問が道場を訪れるたびに、その情けなさをつきつけられている気がする、というのは被害妄想かな。

「優勝、狙えますよ」などと高階顧問が言うことも、あながち見当外れではない。ぼくのひとつ上の代の戦力が充実しているからだ。と言っても、実力者がふたりいるだけなんだけど。新保主将と今井副主将の二枚看板。その下にぼくという新鋭が入ったものだから当時、帝華大剣道部のＯＢは色めき立った。

去年は惜しかった。準決勝で宿敵東城大学に敗れたものの、あそこさえ突破できれば、間違いなく決勝は〝いただき〟だった。東城大との決戦で勝負を決したのは大将戦で、新保主将が向こうの大将・前園に一本負けしたからだけど、その前の中堅戦でぼくが速水に負けたのが流れを決定的にした分岐点だった。

速水に食らった手痛い一敗。それは医鷲旗大会でぼくにつけられた唯一の黒星だった。

ぼくの中で、凶暴な何かが頭をもたげる。

ぼくたちに勝った東城大も、決勝で極北大に敗れた。医鷲旗は五人制だから三枚では頂点には届かない。常に優勝にからむ古豪・極北大と崇徳館大は、必ず五枚のコマを揃えてくる。去年の覇者、極北大はメンバーの入れ替えがほとんどないから当然連覇を狙うだろうし、崇徳館大は主管校だから、地の利がある。

この二校が抜きん出ているが、第二グループにいるのがウチで、他には東城大とみちのく大。戦力としては、あとひとりいれば優勝の可能性がある、というレベルだ。一枚格落ちの東城大も構成メンバーはウチとほぼ互角で、去年の持ち駒は三枚。

あと一枚。わが帝華大学医学部剣道部の悲願だ。だけど、長年の経験則と確率理論から、あと一枚が今年の春に揃うのは夢物語と判断せざるを得ない。インターハイ出場クラスの新入部員がひとり入れば問題は解決するが、幸か不幸かわが帝華大は、日本の偏差値競争の頂点に君臨している。だからインハイに出場するくらい剣道に励むようなヤツが入学する確率は限りなくゼロに近い。

そんな実現不可能な夢みたいな話のために労力を割くのは馬鹿げている。無理な希望は抱かず、無駄な努力もしない。それがぼくのモットーだ。

マネージャーがホイッスルを吹く。地稽古のワンクールの終わり。みんな、相手を替えて、新たな稽古を開始する。高階顧問の前は、さっきから人払いがされている。ぼくのためにわざわざ空けて待ってくれているわけね。

ちらりと今井副主将を見ると、口の端で笑ったのが見えた。

ちくしょう。

やけくそで高階顧問の前に蹲踞して礼をする。高階顧問は立ち上がり、竹刀を構える。ムダのない、美しいたたずまい。ぼくはため息をつく。さて、しょうがない。今から阿修羅に極楽浄土へ連れていってもらおうか。

竹刀の剣先を合わせると、ぼくは一気に相手の小手を切り落としに行った。


「黙想」

新保主将が号令を掛けると、正座しているみんなが一斉に目を閉じる。涼しい顔をした高階顧問を上目遣いでにらみつける。できるだけ息を整えようとしたが、膝と肩が崩れ落ちないようにするので精一杯。だが、それでも視線は切りたくなかった。

高階顧問は上座に端然として座っている。

三十過ぎのジジイのくせに、ろくに稽古もしてないのに、ぼくをひっちゃかめっちゃかのもみくちゃにしごきやがって。しかも自分は息ひとつ乱していない。

化け物か、このジジイは。いやそれも当然か、だって渾名は阿修羅だもの。

「礼」

新保先輩の号令一下、全員、礼をする。解散という声と共に、広い道場の中、全員が一斉に立ち上がった。そんな中、ぼくだけは正座したままで立ち上がれない。両手をついて、息を整える。目の前を通り過ぎる女子部員の同情あふれる視線が煩わしい。鼻の頭から汗が床に滴り落ちる。

ああ、カッコ悪い。

床を見ているぼくの視線の端っこに、紺袴の裾が見えた。顔を上げると、高階顧問がにこやかな顔で、ぼくを見下ろしていた。袴の裾を払い、ぼくの前に座る。

「清川君」

何すか、と答えたつもりだが、声にならない。汗が目に流れこみ、まばたきして汗をかわす。朝陽を背にした高階顧問は穏やかな声で語りかける。

「どうして君は、小手しか打たないんだい？」

「いけませんか？」

荒い息の中から、かすれ声でぼくは尋ねる。高階顧問は言う。

「いけなかないが、ちょっと不思議に思ってね」

やっと何とか息が戻り始める。ぼくは深呼吸しながら切れ切れに答える。

「小手が、一番、ラクだからです」

「なるほど。いかにも清川君らしい、合理的な言葉だね」

高階顧問は、穏やかに言う。それからひとりごとのように呟く。

「でも、その剣では頂点には届かないね」

ぼくの中で、また何かが頭をもたげる。ぼくはそいつをなだめすかし、答える。

「構いませんよ、ぼくは頂点を目指して剣道をしてるんじゃありませんから」

「ほう、では一体何のために剣を振るっているんだい？」

ぼくは、高階顧問の純真で単純な質問に言葉が詰まる。そんなこと、考えてみたこともない。黙りこんだぼくに、高階顧問は言う。

「大会の優勝を目指すというのは、剣道という他人を傷つけることを旨とするスポーツに対する健全な自己正当化だ。清川君が素直にそれを目指す気持ちになれないのは、ひょっとしたら君はふつうの部員よりも、はるかに深く剣道とつながっているのかもしれない」

高階顧問の言葉は意外でぼくはまた黙りこむ。高階顧問は続けた。

「清川君、君はもっと考えなければならない。今の君は自分の才能を持て余し、その重さに押し潰されている。大きな才能は祝福ではない。呪いだよ。君はまず、自分にかけられた呪いを、自分のために解いてやる必要がある」

才能と呪い、という言葉の並びが新鮮で、ぼくは素直な質問を口にする。

「どうすれば、呪いは解けるのですか」

高階顧問は、立ち上がり、ぼくを涼しい目で見下ろす。

「答えはふたつ。ひとつは自分でできることをやり遂げること。素振りを毎日五千本、それを一年間。そうすれば君は新しい地平線に顔を出せるかもしれない」

絶句。ひとりで素振りをしたことがないぼくが、ひとりで五千本？　しかも毎日続けて一年間？　狂気の沙汰だ。

撤退モードに入ったぼくに追い打ちをかけるように、高階顧問は言う。

「もっともこれは、呪いを解くための準備段階にすぎないんだけどね」

ばかばかしい。そんなのやってられっかよ。だが、ぼくは気を取り直す。せっかくだから、ふたつ目も聞いておこう。気に入らなければやらなきゃいいだけだ。

「で、もうひとつは何ですか？」

「それは、君自身の努力ではどうにもならない。運にたよるしかない」

「こう見えてもぼくは強運なんで、自信はありますけど」

「そうだろうね。見ていればわかる。でも、君が考えるようなちっぽけな運のかけらではなく、もっと大きな幸運なんだ」

苛つくなあ。もったいをつけた言い方ほど、嫌いなことはない。でもぼくは辛抱した。それくらい、答えを聞いてみたかったんだ。

高階顧問は、ぼくの気持ちを読み取ったのか、静かに答えた。

「それは、大いなる福音だよ」

「福音って、何のことです？」

「君という存在の輪郭を明確にしてくれるもの。君に相対することで君を実存させる存在。つまり、君という存在を粉々にうち砕いてくれる天敵の出現さ」

その時ぼくの脳裏をよぎったのは、学卒で、以前は全日本剣道大会にも出場していた、実力者の誉れ高い崇徳館大の剛剣・天童隆（たかし）でも、インハイ経験者で昨年の医鷲旗の覇者、極北大の業師・水沢栄司（えいじ）でもなかった。

準決勝で、ぼくの面を真っ二つに叩き割った東城大の猛虎、速水晃一だった。

ぼくの様子を見つめていた高階顧問は言う。

「清川君にはもっと稽古をつけてあげたかったが、あまり時間がない。実は私は出世したんだ。この春、よその大学に講師として赴任することになってね。来月には官舎も追い出され、東京ともお別れだ」

「それはおめでとうございます」

心からお祝いを述べる。これで阿修羅の極楽稽古から逃れられる。

「少しは残念がってもらえるかと思ったんだが……」

「恩師の栄転を残念がるなんて不義理はできません」

心の中で舌を出す。阿修羅の極楽稽古から抜け出すチャンスを、みすみす棒に振るバカじゃない。高階顧問の淋しげな表情につられて、社交辞令で尋ねる。

「先生はどちらに引っ越されるのですか」

「桜宮市だ」

「ひょっとして、新しい赴任地は東城大ですか？」

「他にどこがある？　桜宮には、東城大学しか医学部はないよ」

よりによって速水の東城大へ？　血が逆流した。裏切りだろ、それ。

高階顧問はひょっとしたら昨年夏の医鷲旗の結果を知らないのでは？　夏の大会の時はマサチューセッツ医科大に在籍中だったし、帝華大に戻ってからは外科の仕事が多忙で、剣道部に顔出ししたのも、大会が終わった秋口頃だった。

その瞬間、ぼくは、自分でも意外な言葉を口にしていた。

「それなら残り二ヵ月、ぼくに徹底的に稽古をつけていただけませんか」

「どうしたんだい、急に」

高階顧問は驚いたようにぼくに尋ねた。

「東城大には借りがありまして。負けたくないヤツがいます。春までに何とか一枚、ぼくの格を上げて下さい。でないと、医鷲旗奪還なんて夢のまた夢です」

高階顧問は腕組みをしてぼくを見つめていたが、やがてにっこり笑う。

「顧問を引き受けて半年、清川君がムキになるのは初めて見たなあ。わかった。短い間だが、時間が許す限り清川君に特別稽古をつけてあげよう」

「よろしくお願いします」

ぼくは頭を下げた。高階顧問はひとこと、言う。

「清川君が強運の星の下に生まれついたというのは、本当のようだね。君は、呪いから解き放たれるために必要な存在をすでに手にしているようだ」

ぼくは高階顧問を見送りながら、自分で開けてしまった地獄（いや間違えた、極楽か）の扉の先の光景を想像して、うんざりする。

仕方ない。ぼくはちゃらんぽらんでいいかげんだけど、そんなぼくにも、許せないことがごく稀にある。そのひとつが、同じ相手に二度続けて負けることだ。

ぼくの戦績はかなりのもので、入部以来、公式戦で負けなしだった。ちゃらんぽらんな態度で試合に臨むせいか、あるいは帝華大が中途半端な二流チームのせいか、はたまたしゃかりきになって勝ちにいこうとしないためやたら引き分けが多かったからなのかはわからないけど、ほとんどの人はぼくの不敗神話に気づいていなかった。そんなぼくに唯一の黒星をつけたのが、昨年の医鷲旗大会準決勝の相手、東城大の速水だった。

よりによって高階顧問の新任地が東城大とは。速水なら高階顧問の稽古をまっすぐ受け止めるだろう。一年もすれば、ヤツは手の届かない世界に行ってしまう。

そう、ぼくには自分の未来の姿が見える。

自分を取り巻く状況を冷静に分析する。今度の夏、わが帝華大の前に立ちふさがる最大の障壁は東城大の速水だし、速水に対抗できるのは、帝華大ではぼくしかいない。だからぼくは自分のちからと速水の実力を天秤（てんびん）にかけ、勝負は今年の夏と判断した。その頃なら、まだこちらが総合力でわずかに有利だ。だが、たぶん次は、完全に勝ち目がなくなる。ぼくと速水の個人の力量差以上に、チーム総体としての力の差がついてしまう。才能の容量で負けているとは思わない。

でもぼくには決定的に欠けているものがある。

何が何でも勝ちたいという強い欲望。その欲望を支える努力を継続する根気。

そのふたつが欠落した天才は、一瞬の光芒（こうぼう）を放ち、姿を消していく運命にある。

ぼくにとって輝かしくも短い季節、それがたぶん次の夏なのだ。

才能に恵まれずに生まれ落ち、それでもひたむきに努力を続ける凡人から見れば、こんなぼくは許し難いに違いない。

だけどその感情は不当だ。凡人だから感じる妬みやそねみにすぎない。

才能は毒だ。ぼくはひとり、その毒を受忍する。

　高階顧問は知っていた。だからこそぼくは、高階顧問の「才能と呪い」という言葉のシーケンスに惹かれ、ゆえに残り少ない在籍期間中に、そのことをよく知っていると思われる腹黒タヌキ親父に、方向を示してもらいたいと思ったのだ。

　ぼくは、速水にだけは負けたくないという気持ちが意外なほど強いことに気づいて、自分でも驚いた。誤解してほしくないのだが、実はぼくは、速水を打ちのめす役は、自分でなくても構わないと考えている。社会に出れば闘いは総力戦になる。個人レベルの肉弾戦で勝負が決するなどプロのショー以外はあり得ない。だからこそ冷静に考える。帝華大が東城大に勝つには、現状ではぼくが進化しなくてはならない、と。

　面倒だが仕方ない。短い人生の経験則から、ぼくは知っていた。こうしたところを曖昧なまま放置すると、悔いは長患いの湿った傷口のように、じくじくと胸を苛(さいな)み続ける。また遊ぶ時間が減る、とガールフレンドには文句を言われそうだが、大目に見てもらおう。この冬は、少し真面目に剣道をしてみるか。

　昨年夏の準決勝で、ぼくの面金を叩き割った剛剣を思い出し、唇を嚙みしめる。

　耳の奥をBOØWYの「クラウディ・ハート」のイントロが吹き抜けていった。

# 第三章
# 春風駘蕩（しゅんぷうたいとう）
桜宮・東城大　春

稽古をしていると、窓からさくらの花びらが舞いこんでくる。速水は時々、稽古の最中に花びらを打ち据えようとする。新二年生のふたりと地稽古をする時は、空中を舞う花びらと相手の面を同一軌跡の中に収めて斬ろうと試す。

花びらは竹刀の軌跡をひらりとよけていく。力を入れれば入れるほど、花びらは竹刀を軽やかにかわす。速水の剣をくるりと巻いて、再び窓の外へ逃げていく。

速水はいまだに一度も花びらを打ち据えられずにいる。

三分間の地稽古が終わり、奇数の部員数ゆえにひとり余った小谷が太鼓を鳴らす。小谷にとって地稽古の太鼓のバチを持つ三分間が、至上の喜びらしい。

速水は小谷からバチを受け取る。大きく三度、太鼓を叩き、声を張り上げる。

「ラスト一本。はじめ」

十本目。三十分続いた地稽古も終わり、速水は下座の小あがりの畳に上がる。

そして上座に座るふたりの男性を見た。ひとりは剣道部顧問の糸田教授だ。剣道のたしなみのない糸田教授が稽古に顔を出すことは滅多にない。道場でその顔を見るのは、追い出しコンパ前の稽古くらいだ。

糸田教授の隣に端然と座る小兵の男性は、年の頃は三十半ば、穏やかな眼で稽古を眺めている。かれこれ三十分近く、身じろぎひとつせずに座っている。

たたずまいに隙はなく、剣道家ならば、相当の手練れだろう。

速水の視線に気がついて、小柄な男性はうっすらと笑った。

「黙想」と速水の声が道場に響く。この瞬間が一番好きだった。剣をふるうことが自分の中の野獣を解き放つ行為なら、黙想は人間世界に戻っていく時間だ。

「やめ」

全員が眼を開ける。上座に座った糸田教授と見知らぬゲストの顔が目に入る。

「礼」と言い、右、左と順に手をつき、頭を下げる。目の前の床に、さくらの花びらがひとひら、舞い下りる。

「明後日の新入生歓迎会で正式にお伝えしますが、このたび私は剣道部顧問を退き、ここにいる高階先生にお願いすることになりました」

糸田教授の言葉に速水は驚いて顔を上げる。

糸田教授は咳払いをして続ける。

「高階先生は帝華大学外科学教室の助手をされていまして。五月の連休明けからわが東城大学佐伯外科の講師として招聘されまして。半年前まで米国留学されていましたが、お戻りになった途端、帝華大学剣道部顧問への就任を要請されるほど、剣歴は素晴らしいということでして」

小柄な男性の座姿からは、透明な圧力が発せられているかのようだ。

「帝華大剣道部の前顧問、石田教授とは昵懇でして。お互い生化学という浮き世離れした専攻の上、経験のない剣道の顧問をさせられているという点でも似た境遇で同病相憐れむ仲でして。で、顧問を二つ返事で引き受けてくれた高階先生が今度うちに赴任する、という情報をいち早く教えて下さったわけでして。おまけにこちらの顧問に就任して下さるかどうかの打診までしてくれまして。私も大助かりで、一も二もなくお願いした、というわけでして。もっとも石田先生は、肝心の自分の方はこれでまた顧問に逆戻りだ、とがっかりしてましたけど」

高階新顧問の視線は部員ひとりひとりの表情を確かめるように動いていった。最後に速水と眼が合うと、高階新顧問は静かに微笑む。

前園が質問する。

「糸田教授はお忙しくなるんですか?」

糸田教授は首を振る。

「そういうわけではなくて、剣道部の顧問は剣道を知っている人間がなるのが一番いいんではないか、と思いまして。君たちにとってもいい話でして。ほら、皆さんが目指していらっしゃるキンキラした旗、ええと、何でしたっけ？」

「医鷲旗、です」と前園がむっとした口調で即答した。

「そうそう、それそれ。イシュウキ。高階先生は、その覇者だったそうでして」

速水たちは一斉に高階新顧問を見た。前園はいきなり眼を輝かせている。

「それでは高階先生、ひとことご挨拶を」

高階新顧問は咳払いして、立ち上がる。

「高階です。段位は四段。五月からこちらにお世話になるご縁で、皆さんの顧問を務めさせていただくことになりました。なにぶん新天地なもので、どのくらい稽古に参加できるかはわかりませんが、よろしくお願いします」

日本のアカデミズムの頂点、東京・帝華大学の助手から、天下に鳴り響く佐伯外科に講師として招聘されるなんて、エリート中のエリートだ。速水は一瞬、素晴らしい指導をしてもらえるのではないかと思ったが、すぐに気持ちを修正する。佐伯外科の勤務はハードなことで知られている。たぶん糸田教授以上の激務になることは間違いない。

糸田教授が高階新顧問の挨拶を補足する。

「残念ながら前任地の歓送迎会と重なってしまったので、高階先生は明後日の新入生歓迎会はご欠席される、ということでして」

高階新顧問が部員たちを見回して頭を下げる。

「残務処理やら送別会やら立てこみますが、連休前には一度、挨拶代わりに稽古に伺わせていただこうと思っています」

糸田教授がにこやかに言う。

「皆さん、明後日の入学式には、少なくとも部員ひとりの獲得を目指しましょうね。でないと前園君が安心して国試の勉強に専念できなくなってしまいますから」

前園は即座に言い返す。

「どんな優秀な新入生が入部してもレギュラーの座を譲りませんから」

「まあまあ、六年生と言えば部活動ではご老体ですから、ご無理をなさらずに」

〝ご老体〟という言葉に反応して、前園は速水を横目でにらみつけた。

違う、誤解だ、確かに俺は前園先輩をご老体と呼ぶけど、糸田教授には言ってません、先輩は誰が見てもご老体なんです、と喉元まで出かかったが自制した。

解散すると、高階新顧問が速水に歩み寄ってきた。道場の空気が張りつめる。

高階新顧問は速水の顔を見つめた。喉元に、匕首(あいくち)の剣先を突きつけられたような錯覚にとらわれた。息苦しい時間は、しかしすぐに過ぎた。

高階新顧問は、ふう、と笑う。それから速水の肩をぽんぽん、と叩く。

「なるほど、君が清川君の天敵なんですね」

カミソリのような剣が自分の小手を切り落とした光景がフラッシュバックした。

帝華大剣道部顧問と言われた時、なぜ思い出さなかったのか、速水は我ながら不思議に思う。だがその肩書きを、存在自体が吹き飛ばしたのだ、と思いあたる。

「なるほど、なるほど」と高笑いしながら、高階顧問は糸田教授に続いて道場を後にした。部員たちは、ふたりの姿が消えると、我先に道場の窓辺に駆け寄る。

窓の外、高階新顧問はゆったりと歩んでいた。ふと立ち止まり、見上げた視線の先には道場の守り神、樹齢数百年といわれる桜の巨木があった。

一陣の疾風がつむじ風となって巻き上がる。

道場には春の陽射しと共に、さくらの花びらが洪水のようにあふれた。

剣道部はいつも合宿をしている。大寒の寒稽古合宿、入学式直前の春合宿は道場脇のさくら並木が満開の頃で、さくら合宿。さらに新入生を試合に出せるように仕立てる梅雨合宿、医鷲旗大会と呼ばれる医学部剣道部最大のイベント、夏の東日本医科学生体育大会に向けての暑気合宿。秋は秋期合宿、別名秋雨合宿の最後は、引退する先輩の追い出しコンパで打ち上げになる。

大学構内には東城会館という古びた建物があり、二階が宿泊施設になっている。合宿になると貸し布団屋を手配し、万年床で一週間、剣道漬けの毎日だ。

早朝稽古、昼休みのトレーニング、そして夕方(ゆうべ)の稽古と一日三回。寒稽古は例外で、早朝稽古だけ行なう。夜は万年床の上で車座の宴会三昧(ざんまい)だ。最上級生の前園は学寮に住んでいるので、気分次第で学寮に戻ったりするが、原則として合宿中は全員、東城会館に寝泊まりする。

合宿の打ち上げ兼新入生歓迎会を翌日に控え、朝稽古を終えた剣道部員一同は、東城会館の二階で布団でごろごろしながら、話し合いをしていた。

場にいるのは速水と小谷、それに鈴木と河井の四人。前園は、ベッドサイド・ラーニングに出席している。部員は合宿中は授業をサボることも多いが、優等生の鈴木がサボリの輪に加わることは珍しい。議論は白熱していた。

議題は、新入生勧誘宴会に、いかに新入生を引っ張ってくるかということだから、切実だ。会議は新三年生で副主将の小谷が主導権を取って進む。

「ポイントは、ラグビー部の連中の包囲網をどうやって突破するか、だな」

「そうすね。連中はスクラムで、新入生を車まで拉致しちゃいますもんね」

小谷の言葉にうなずく河井。主務の鈴木も同意する。

「あの形になったら、手も足も出ないです」

部費を管理している鈴木は、実費がかかる行事だと、主将の速水よりも発言権が大きくなる。この緻密さを剣道に活かせれば強豪になれるのに、と思うのだが、剣道は知性より身体能力が優先されるから仕方がない。

「ラグビー部がスクラムを組む前に、こっちがモールで奪取したらどうすか」

河井が、剣道部だかラグビー部なんだか、よくわからない発言をする。

「剣道部はいつでも一対一、だからモールはできない。タックルがせいぜいだ。それに相手の土俵で闘っても勝負にはなるはずないだろ」

副将の小谷の指摘に、河井は頭をかく。新二年生の河井は運動能力が高い。高校の時は陸上でインターハイに出場したこともあるらしい。ところが剣道とは不思議なスポーツで、反射神経が良すぎても強くなれない。適度な鈍感さと俊敏さが同時に必要とされる。河井は相手のフェイクに敏感に反応してしまうから、たいてい出小手で負ける。帝華大学の新主将、清川のいいカモだ。結局剣道は頭だけでもダメ、反射神経だけでもダメ。そういう意味では奥深い。

——だから俺は剣道にハマったのかもしれないな。

布団の上で腕枕をし、明るい陽射しに照らされた天井の木目を眺めながら、後輩たちの白熱した議論を聞いていた速水は、ふと思った。

寒稽古は寒い。暑気稽古は暑い上、大会前の重圧とも闘わなければならない。秋期合宿は気候的には問題ないが、起居を共にしていた先輩に別れを告げなければならない。そう考えると春合宿は、気候といい、最後に控えているのが希望あふれる新入生歓迎コンパであることといい、華やかで楽しい。

前園の話では、入学試験での成績が下から二十名というボトム20が入学してくるのも、今年で最後らしい。人数が減ってもボトム20は常に変わらないという理屈もあるが、絶対数が減るので人材不足は明らかだ。そうした情報はすでに運動部全体に駆けめぐっていて、入学式後の新人勧誘は、熾烈（しれつ）を極めるだろうとウワサされていた。それでもそれは明るい闘争だから、合宿の合間でも気分は寛（くつろ）ぐ。

速水たちは切羽詰まっていた。部員減少で剣道部存続の危機にあったからだ。六年生ひとり、四年生ひとり、三年生ひとり、二年生ふたり、計五人。新入部員が確保できなければ来年以降、五人制の医鷲旗のメンバーに穴が空く。

だが、速水は悲観していなかった。

去年はもっと絶望的だった。夏の大会を最後に、最上級生の高橋（たかはし）と前園の同期の三上のふたりが抜けた。特にポイントゲッターの三上の脱落は痛かった。ぎりぎりでメンバーを組んでいたので、新入部員がふたり入らなければ、五人制の試合が組めなくなる。そんな際どいところまで追いつめられていた。

そんな中、剣道部はあっさり、経験者ひとり、未経験者ひとり、計ふたりの新入部員を確保した。それが河井と鈴木だ。その上、医鷺旗ではとんとん拍子に勝ち進み準優勝してしまった。実は東城大学医学部剣道部にはふたたび医鷺旗を手にするまでは剣道部は潰れない、という言い伝えがあった。だが、医鷺旗を手にするまで潰れない、ということは、医鷺旗を手にしたら潰れてしまう、ということの裏返しではないのか。

去年の医鷺旗で負けたから、今年は新入部員を確保できる、などと部員が考えたとしたら、言い伝えに左右される弱い心が頂点を極めるための障害になったのかもしれない。

——我、神仏を尊びて、神仏を頼らず
速水の脳裏に剣聖・宮本武蔵（みやもとむさし）の言葉が浮かぶ。そして苦笑する。

——医鷺旗奪取というささやかな目標達成のためには大げさすぎるかな。

残念ながら、今のままでは速水たちが医鷺旗を手にする可能性は低い。現在の実力者は、前園と速水のふたり。そのふたりだって確実に勝てるとは、断言できない。あとは小谷か河井の勝ちがカウントできるくらいだ。ただし医学部剣道部のレベルでは、それでもかなりの確率で勝ち上がれるだろう。

だが頂点となると話は別だ。上段遣いのタコ坊主、天童率いる崇徳館大や、業師・水沢の極北大が総合力では上だ。そんな東城大でも、昨年の決勝戦では覇者・極北大とは紙一重の勝負だった。

要は、医学部剣道部というのは、そういう底の浅い集団でもあった。だから、ひとりの即戦力が入部すれば、局面はがらりと変わる。速水は未だ見ぬ新入生に期待していた。たったひとりの新人が勢力図を変えてしまう。

だがそれは他の大学にも言える。東城大がひとりの新入生の加入で上にいく可能性があるなら、帝華大にも同じことが起こり得る。

その時、その当たり前のことに速水は思い至らなかった。

合宿最終日は、朝稽古で終わる。それもできるだけ早めに終わらせ、歓迎会の準備などの雑用がメインになる。主将の速水も主務の鈴木の指示に従い、買い出しに行かされたりと大そう忙しい。

入学式では、各部総出で新人勧誘を行なう。鈴木の気合いの入れ方は尋常ではなかったし、ちゃらんぽらんな河井も、珍しく鈴木の指示に忠実に従っていた。

どれもこれも、小谷の今朝のひとことが利いたせいだ。

「お前たち二年生は、新入生が入部しなかったら今年一年また下っ端だからな」

その瞬間、鈴木と河井には、延々と更新される下っ端学年の持ち上がり、という不吉な図がよぎったに違いない。鈴木主務が先輩である主将の速水や副主将の小谷に出す指令の厳しさと遠慮のなさは、その必死さの現れだ。

厳格な鈴木主務の指示に従い、部員一同は東城会館二階の一室に新入生歓迎用会場の設営を終えた。それから全員道場へ行く。剣道着に着替えると、正門近くの中庭に向かう。咲き誇るさくら並木の下にはすでに、ガタイのいい連中がたむろしていた。

ぽん、と肩を叩かれる。速水が振り向くと、柔道着姿の島津が笑っていた。

「よう、武道系同士、仲良く部員確保に励もうぜ」

「軟弱柔道部と一緒にしないでくれ」

「締め落とすぞ。棒切れがなければ何にもできないくせに」

そこへ、弓道部の矢部が声を掛けてくる。

「どっちにしたって肉弾戦の接近戦しかできない君たちは、敵じゃあないさ」

速水と島津は同時に振り向いて、矢部をひとにらみする。島津が言う。

「日本古来の武道だから、口は利いてやるけど、弓道部は文化系運動部なんだから、同じ土俵に立っていると思うなよ」

矢部は忌々しげにふたりを見て、場を立ち去る。

そこへテニス部の美濃(みの)がやってきた。

「いやあ、諸君のようないかつい人たちがいるおかげで、われわれ軟式庭球部の華やかさが、いっそう引き立つというものさ」

島津が吐き捨てる。

「ち、気取りやがって。軟式庭球部なんて言わずに、軟派テニス部、って言えよ」

美濃は高笑いしながら、ラケットを持った美女軍団を引き連れ、正門に向かう。他の部活の連中を尻目に悠然と、適当な場所に陣取る。美女軍団を取り巻きに佇(たたず)む美濃の姿は、まさに医学部のカリギュラだ。

軟式庭球部はいい場所を取る必要がない。連中がいるところが一等地なのだ。新入生争奪戦は、長い受験勉強を終えた坊やたちが入学式から戻ってくる、その瞬間の印象がすべてだ。懲役明けのヤクザが久しぶりに吸う娑婆(しゃば)の空気。その時、短いスコートをひらひらさせた女性が手招きしたら、男ならふらふらとついていってしまうだろう。

軟式庭球部は、運動部全体の怨嗟(えんさ)の的だったが、同じテニス部でも硬式テニス部はその名のとおり硬派で不器用な男ばかり入るため、運動部の連帯感があった。

「来たぞ」

正門前にチャーターバスが停まる。全体入学式を終えた新入生が降りてくる。

待ち受けた運動部員が、鰯の群れに襲いかかるシャチのように食いついていった。

大部分の新入生は軟式庭球部がかっさらっていった。何しろ連中はクジラのように、一帯の海水を飲みこんだあとで、食べられないものを吐き出すというやり方だから、勝負にならない。新入生の女子が女性部員に勧誘され、送迎車に連れこまれる。右も左もわからない男子も女性部員の群れに引きずられ、やはり護送車に放りこまれる。そんな流れに乗り切れず、砂浜に打ち上げられたイルカのように横たわる、ガタイはいいが少し鈍い連中は、第二波でラグビー部の地引き網とサッカー部のブービートラップに囚われてしまう。そこからも逃れた小魚を巡り、ようやく弱小運動部の熾烈な争奪戦が始まる。

剣道部は豊漁だった。と言ってももっさりした新入生がひとり釣れただけだが。

「長村です。剣道は中学の頃、三年間やってました」

鈴木と河井が、喜びでとろけそうな笑顔になる。これで最下層からの脱出は約束されたからだ。隣では柔道部の島津も、ラグビー部地引き網からのおこぼれ重量級をひとり確保できたようだ。速水と島津は顔を見合わせ、にやりと笑う。

その時、さらなる幸運がつむじ風のように襲来した。

妙に騒がしい空気を感じ、顔を上げる。

新入生がスコート姿の女子学生たちにまとわりつかれ、右に左にもみくちゃにされている。長めの髪、すらりとした身体つき。少年の面差しが抜け切らずに残っている。

「ねえ君、軟式テニス部に入ろうよ」「よそ見しちゃ、ダメ」「こっちよ、こっち」

テニス部の女性たちを振り払い、少年はあたりを見回している。ふと、速水と眼が合う。どこかで見たことのある顔立ちだ。向こうの少年も一瞬、眼を大きく見開いた。

——知り合い、だったかな？

医学部には浪人が長い新入生もいるし、他学部を卒業してから入り直す学卒もいるので、年齢はばらばらだ。新入生の中には高校時代の同級生や、下手をすると先輩が紛れこんでいたりする。速水は心の中で、過去の知り合いリストをぱらぱらとめくる。少年の顔立ちは若々しく、現役にしか見えない。速水は四年生だから、高校で一緒に過ごした連中ではない。

記憶の糸をたぐり寄せるより早く、少年は道着姿の速水に歩み寄ってきた。

「剣道部の速水さん、ですね。僕、剣道部に入部します」

少年の背後で女性たちが、やめようよ、とか、あっちに行こ、とか口々に言う。うるさい、黙れ。速水のひとにらみで、テニス部の女子部員は頬をふくらませて退散する。鈴木や小谷が呆気に取られながら見守る中、速水は尋ねる。

「どこかで会ったこと、あったっけ？」

少年は年齢に不相応なシニカルな笑みを浮かべる。どこかで見たぞ、この笑顔。

「お目にかかるのは初めてですけど、すぐに速水さんだとわかりました。兄から聞いていたとおりの方でしたから。昨年の夏は兄が大変お世話になりました」

「お兄さんだって？　どこの誰？」

少年は笑う。

「似てるってよく言われますけど。僕の名前は清川志郎（しろう）。兄は帝華大医学部剣道部主将の、清川吾郎です」

速水の脳裏を一瞬、研ぎ澄まされた出小手が一閃（いっせん）した。

# 第四章
# マリオネット
## 東京・帝華大　春

剣道は因果なスポーツだ。夏は蒸し焼きになりそうなほど暑く、冬は凍えるように寒い。じゃあ、春ならましだろう、と思えば、これが全然そうじゃなくて、気候がいいもんだから心地よく運動できて、身体が伸びやかに動き、結局ひどく疲れてしまう。つまりどうあがいても一年中地獄、というわけだ。

　竹刀を振りかぶりながら、そんなことばかり考えていた。整理体操の素振り。竹刀の剣先が大きな円弧を描き、その丸い手籠(てかご)の中に春の陽射しを閉じこめる。

　一斉に揃った素振りのさまを、緊張した面持ちの顔が並んで見守っている。

「やめ」というぼくの号令に、全員の剣先がぴたりと止まる。顔を上げると、道場の壁にへばりつくようにして新入生が五、六名佇(たたず)んでいた。

　先行部隊が新入生を歓迎会場に送った後、新保先輩と女責の塚本が残り、小ミーティングを開いた。はじめは今夜の宴会に関しての雑談だったのだが、クソ真面目な塚本がぼくに噛みついてきたあたりから、雲行きがおかしくなった。

「で、今後どうしたいわけ、清川主将は」

塚本が言う。コイツはぼくと同級生だが、看護学部なので来年卒業だ。同期なので、ぼくの性格の隅々まで熟知していて、ある意味で東城大学の速水なんかよりよっぽど難敵だ。仕方なく、半分だけ本音を語ることにする。

「医鷲旗の奪還は果たしたい」

「やっとその気になってくれたか」と新保先輩が、眼を潤ませる。

ぼくはあわててつけ加える。

「でも、ムダな努力をするのはイヤだ」

一斉にふたりが脱力するのを感じた。塚本は呆れ顔で言う。

「あんたって、ほんっとに腐ってるわね」

「そんなことないさ」

ぼくは一応、塚本のコメントを否定しておく。

「これは冷静に戦力を分析した結果なんだ。総合優勝を狙うにはどうしても一枚足りない。総合力では必ず五枚揃えてくる崇徳館大と極北大を双璧(そうへき)として、ツボにハマると力を発揮するみちのく大、宿敵・東城大などなど。そんな連中にコンスタントに勝つためには、今のウチの戦力では努力してもムダさ」

新保先輩は真っ赤な顔をして腕組みをする。ダルマのように身体がころころと左右に揺れ始める。新保先輩の欠点は、考えていることが表に出てしまうことだ。だから剣筋を読まれ、極北大の業師・水沢に公式戦五連敗なんて目にあうんだ。でも自分と同じ単純タイプには滅法強く、崇徳館大の暴れん坊、天童のタコ坊主には勝ち越しているんだから恐ろしい。こういう直情径行タイプは本気で怒らせると面倒だから、ずっと考えていたことを、ガス抜き代わりに伝えてみる。

「誤解しないでほしい。だからといって医鷲旗を諦めたわけではないんだ」

塚本女史が身を乗り出してきた。

「なんか秘策でもあるわけ？」

「もちろん。まあ、孫子の兵法の応用なんだけどね」

「どういうことだ、言ってみろ」

新保先輩も興味津々、尋ねてきた。ぼくは答える。

「弱いヤツが強いヤツに勝つ方法、それは奇襲しかない」

「要するにあんたは、弱いチームのままで何とかしよう、というつもりね。どうあっても、弱いチームを強くしようって発想は出てこないわけね」

「塚本、お前こそ頭、腐ってるぞ。どこをどうひねれば、弱いヤツが強くなれるわけ？　弱いヤツは弱っちいままだし、強いヤツはろくに稽古をしなくても強いんだぜ？」

「俺は今、後継者選びを間違えたのかもしれない、と本気で後悔している」

新保先輩が呟く。ぼくは新保先輩の顔を見る。そんなことも予測できずに、ぼくを主将に任命したわけ？

「現状を総括すると、今度の夏ベスト４に残るのは、崇徳館大、極北大、みちのく大、東城大、そしてわが帝華大の五校の中から、ということになる」

塚本女責がふむふむ、とうなずく。

「そこで、だ。今年の大本命は崇徳館大だ。何しろ去年五枚揃っていたメンバーがそっくりそのまま残留しているからね」

新保先輩もうなずく。

「あそこはいつ見ても迫力あるよ。なにしろ全員坊主頭の上段遣いだもんな」

「時代錯誤もいいところだわ」

塚本はひとことで斬り捨てる。武道少女のクセにファッションにうるさい、一筋縄でいかない女には、体育会系の一糸乱れぬ整然さなどには全く価値を見出せないのだろう。

「ま、清川君は、性格はともかくファッショナブルなところは、評価するけど」

「そいつはどうも」

ぼくは塚本の台詞（セリフ）を受け流す。新保先輩が尋ねる。

「昨年の覇者、極北大も戦力的には変わらないはずだが」

「去年の戦力が温存されてるから当然、連覇を目指し鼻息は荒いでしょう。でも、去年の優勝はフロックです。確かに準決勝では、極北大が崇徳館大を僅差で破ったけど、あれは組み合わせが噛み合ったからで、総合力は崇徳館の方が上でした」

ぼくの答えにまたまたうなずく新保先輩。ぼくは続ける。

「でもって、そこに我々が勝ち上がるヒントを見つけたわけです。剣道はコンスタントに実力を出すのが難しいスポーツで、こないだ柔道部の主将に、全日本柔道チャンピオンから一本取れるか、と聞いてみたら、千本やっても一本も取れないと、即答でした」

塚本が一体何を言い出すのだ、という顔でぼくを見る。

「で、お前はどうなんだ、と聞かれたから、胸を張って答えた。ぼくなら剣道日本チャンピオンと百本やれば、一本くらいは取れるかもってね」

新保先輩は腕を組んで考えこむ。

「何が言いたいんだ、お前は？」

「剣道はメンタルなスポーツだから常勝は難しい。去年も崇徳館大がバリバリの大本命だったけど、準決勝で極北大に苦杯を喫し三位です。極北大は強力な業師・

水沢と副将の中島の二枚がうまくはまって本数勝ち。今年ウチはあれを目指す」

「そんなに都合よくいくかしら」

「心配ないよ。うちには極北大と同じ程度の潜在力はある。去年だってあの準決勝さえ勝ち抜けば極北大には勝っていたよ。去年は組み合わせが悪かったんだ」

なるほど、と新保先輩がうなずく。

「つまり、相手に応じて戦法を変えるわけか。すると最大の難敵は崇徳館大だな」

「違います。今年の要注意の相手は、東城大です」

「東城大は前園が残留しても、速水と合わせて二枚しかないだろ」

ぼくを首を振る。

「あそこには今年、少々うるさい新人がひとり入ったはず。そうなると三枚。それに高階先生が顧問に就任されますから、他の部員も伸びる可能性が高い」

「何であんたが東城大の新人情報を知っているのよ」

塚本の指摘はスルー。ここで志郎の話なんかしたら、新保先輩に、何で弟をヨソにやったんだと袋叩きにあう。でもそれは不条理な話で、ぼくが勧誘に失敗したわけじゃなくて、単に志郎の学力が届かなかっただけなんだけど。もっとしっかり勉強しろって言っていたのに、まったくアイツときたらどうしようもない。

新保先輩が訊ねる。

「確かに高階先生の存在はデカいな。で、どうするつもりだ？」

「すべての試合で、オーダーを猫の目のように変えていきます」

「理屈はわかるが、そうそういつも采配が当たると思っているのか？」

「そうしないとベスト4に残れないし、その先も勝ち抜けません。とにかく何が何でもベスト4には残る。万が一そこまでで崇徳館大に当たったら諦める。だけど極北大や東城大学だったら勝ちにいく。それなら今の戦力でも十分やれます」

新保先輩はぼくの顔を覗きこむ。

「つまり、勝つ努力を放棄するわけではない、ということだな。わかった。それならお前の考えに乗ろう」

「ありがとうございます」

ぼくは肩をすくめる。無垢な相手を騙してねじまがった意図を通すなんて何だかなあ、と少々後ろめたい。ぼくは、腕時計を見る。

「さて、そろそろ時間です。期待の新入生の顔を拝みに行きましょうか」

立ち上がり、重い引き戸を開けると、春の夕闇がぼくたちの身体を包んだ。

グラスが触れ合う音。宴会場での意味を共有しない言葉の響きが重なり合う。

宴会は無礼講になっていた。高階顧問の送別会と新入生歓迎コンパを兼ねた宴会なので、高階顧問は上座に座っている。

宴会が始まる直前、高階顧問に「剣道ってどうしてこんなに因果なスポーツなんですか」と愚痴ったら、「清川君、剣道はスポーツではありません。武道です」とひとことで切り捨てられた。

戦後四十年以上経つというのに、なんつうアナクロニズムだろう。

ぼくは自分の席に戻り、食べかけのローストチキンをフォークでつつく。

宴会の仕切り役、マネージャーの坂部が立ち上がった。

「宴たけなわですが、歓迎会ですので、新入生の自己紹介をお願いします」

坂部が声を張り上げると、がやがやとしていた場が静かになる。

こういうのは苦手だから、主将なんてとんでもないと思っていたけど、坂部がサポートしてくれれば大船に乗った気分だ。

新入部員が一列に並ぶ。ひい、ふう、みい、よう、いつ、む、なな。七人とは大漁だ。うち女性三人。華やかで結構だ。

ただし肝心の医学生はふたり。それでも、ぼくの代で剣道部を潰すというサイアクの事態だけは回避できて、ほっとした。

「柴田(しばた)です。医学部に合格して嬉しいです。剣道は中学時代に三年やってました。初段です」

中学剣道で初段ということは、かなり稽古を積んだということだ。高校剣道を知らないハンデは大きいけれど使えそうだ。

「久保です。医学部です。剣道は初心者です。っていうか運動自体、初めてです。よろしくお願いします」

はいはい、運動で身体を鍛えて、体力を養おうって口ね。太目の体型を見て六月の新人合宿を乗り越える確率は一〇パーセントと算定する。

ふたりとも、帝華大学医学部という言葉に晴れやかな響きを込めて、胸を張る。

その様子を見てぼくは、心の中で彼らにそっと言い聞かせる。

――ねえ、君たち、思い違いをしないように。ここにいる人間の半分は医学生なんだぜ。

続いて看護学部のふたりが挨拶した。同じ高校で剣道部に所属していて現在三段だという。どうやら今年も剣道部は〝女高男低〟か。

ぼくはため息をつく。ちらりと塚本を見ると、どことなく誇らしげだった。

残念だよな、塚本。お前の方が全体責任者としてはよっぽど適任なのに。

それから薬学部の暗そうな男がひとり、大学病院付属放射線技師学校の新人がひとり。どちらもぼそぼそと話し、運動経験ゼロ、三ヵ月生存率五パーセントと査定した。最後に、小柄な少女が立ち上がる。

「薬学部の朝比奈（あさひな）ひかりです。剣道は子どもの頃に少しだけ。マネージャー希望です」

女子中学生みたいな三つ編みに、素朴で幼いファッションに笑いそうになる。

朝比奈は、ちらりとぼくに視線を投げかけると、うつむいて着座した。

新入生挨拶が終わると、坂部はぼくにマイクを渡した。

「では、この四月に就任した清川新主将からご挨拶をいただきましょう」

よ、史上最強のなまけもの主将、と声が掛かる。ＯＢたちの半分は笑い、残り半分は顔をしかめる。顔をしかめた先輩たち、あなたたちの反応は正常です。

ぼくは立ち上がると、咳払いをした。

「ええと、新入生の皆さん、入学ならびに入部おめでとうございます。伝統あるわが帝華大学医学部剣道部は、〝一顆明珠（いっかめいじゅ）〟をモットーに稽古に励んでいます。皆さん、これから一緒に、わが剣道部の新たな歴史を作っていきましょう」

頭を下げると一斉に拍手。女責の塚本がチャチャを入れた。

「清川主将、〝一顆明珠〟の意味を説明してあげないと」

ち、よけいなことを。

面倒臭いなと思ったが、賛同の拍手にぼくの選択権は剝奪されてしまう。仕方ないので手短かに説明する。

「〝一顆明珠〟とは、人間は誰でもひとつの明るい珠のような存在だから、各自以て己を磨くべし、ということです」

新入生たちの尊敬のまなざしを受けながら着座すると、そこへ野太い声が響く。

「清川、今年こそ医鷲旗を奪還しろよ」

OB七年目の菅井先輩。一昨年内科医局を出て開業するまで足繁く道場に通っていた熱心なOBだ。ぼくにとって、少々煙たい相手でもある。

「そこそこがんばります」

「そういう返事をするからお前は当てにならん、と思われてしまうんだぞ」

眼が据わっている。だいぶ召し上がっているようだ。

「お前が入部してきたときは、新保と今井の三人で、医鷲旗奪還を叶えてくれるものと期待した。なのにお前ときたら稽古はサボる、出てきても手を抜く。あたら才能を腐らせてしまった」

あちゃ、お説教かよ。サシの時は仕方ないけど、今やるのは反則ですぜ、菅井先輩。すかさず新保先輩が声をあげる。

「その辺で勘弁してやって下さい。清川も主将にまつりあげられたら陸に上がった河童同然、もうサボれません。そうなればわが帝華大学医学部剣道部が医鷲旗を奪還する日も近いかと」

甘い。この程度でぼくが陸に上がった河童になるなんて、まだぼくのことを、よくわかっていないわけね。

でも、ま、いっか。おかげで菅井先輩の暴発は鎮静化したから。

場の収束状況を見極めて、坂部が無礼講を宣言する。

均衡を保っていた宴会は、混沌（カオス）の渦に飲みこまれていった。


菅井先輩につかまったぼくは、延々と繰り返される説教を、頭を下げてやり過ごしていた。そして一瞬、話が途切れた隙を逃さず立ち上がる。

「ちょっくら顧問にお別れのご挨拶をしてきます」

乱雑な小宴会の輪をひらひらとかき分け、高階顧問の前にちょこんと座る。

高階顧問の前は、人払いがされているかのように空いていた。ひきも切らない来客が一段落した瞬間だったらしいが、ぼくのために特等席をご用意しました、と見えない誰かに言われた気がした。

「おお清川君か。新主将、がんばれよ」

高階顧問が言う。ぼくはぺこりと頭を下げた。

「高階顧問が教えて下さった一日五千本の素振り、あれから毎日続けました」

高階顧問は、ほう、と目を細める。

「意外だね。練習嫌いの清川君が私の言いつけを忠実に守るなんて。よっぽど速水君に負けたくないんだね」

「ええ、この春からはある事情で、東城大にはいよいよ負けられなくなりました。だから毎日一時間、合計五千本、素振りを続けました」

「それは大変だ。横着な清川君が努力したんだから、たとえ本当は二千本しか素振りをしていなかったとしても、まあよしとしよう」

ぼくはぎくりとする。どうして本数のごまかしを見抜かれたんだ？

高階顧問はぼくを見る。

「なぜごまかしがわかったのか、という顔をしてるね。簡単だよ。五千本の素振りは一時間ではできない。一時間なら二千本がせいぜいだろう」

ぼくは頭をかいた。

「すみません。でも二千本は毎日振ってみました」

「今度は信用するよ。で、何か感じたかい？」

ぼくは首をひねる。「別に何も」

華々しいことが言えればよかったんだけど、本当に何も変わらなかったのだから、仕方ない。高階顧問は、ぼくを見つめた。

「そうか。毎日二千本素振りをしても、清川君の中では何ひとつ変化が起こらなかったのか……。はてさて、どうしたものか」

「何か、問題があるんでしょうか？」

ぼくは尋ねた。高階顧問は首を振る。

「清川君は大変な星の下に生まれついたことを、再確認させられただけさ」

「どういう意味ですか？」

「君は素質のかたまりだ、ということだ」

は、今さら言われるまでもない。だってほら、ぼくは天才なんだから。

高階顧問は目を細め、ぼくの心の奥底を見透かしたかのように言う。

「自分は天才だから当然だ、と今思ったね。それは半分正しくて、半分間違っている。清川君は素質のかたまりではあるが、天才ではない」

「何ですか、それ。からかっているんですか」

むっとした。どうやらぼくにも悪い酒が入ってしまったようだ。

高階顧問は、穏やかに続けた。

「いいかい、清川君。素質と才能は違うんだ。この世の中には、素質があるヤツなんて、大勢いる。実は河原の石ころくらいごろごろしている。才能とは、素質を磨く能力だ。素質と才能、このふたつを持ち合わせている人間は少ない。素質と才能の違い、それは努力する能力の差なんだよ」

いきなり核心を衝かれた気がして、ぼくは黙りこむ。高階顧問は続ける。

「清川君の素質は素晴らしい。ほんのちょっと磨くだけであたかも才能に見えてしまうくらい、膨大な埋蔵量を誇っている鉱脈だ。だがダイヤモンドが輝くのは磨きこまれるからだ。どうやら君には、二千本の素振りさえ、研磨作業の入口にもならなかったようだね。まあ、それはそれですごいことだが」

ぼくはどういう表情をすればいいか、本気で悩んだ。

褒められているのか。それなら謙遜すればいい。貶されているのだろうか。それなら自分に対する不当な評価に決然と怒ってみせなければならない。

その時、ぼくは悟った。高階顧問は今のぼくについて、否定的な部分も肯定的に述べてくれた。そして図星を指されぼくは身動きが取れなくなったのだ。

高階顧問はぽつりと言った。

「あり余る素質の、豊饒な海の中では、さぞ息苦しいだろうね」

結局、高階顧問はそれ以上ぼくに介入しなかった。ぼくはやむなく、清川式勝利の方程式を実行に移すべく、極秘交渉に入る。

「ところで、高階顧問は帝華大学ＯＢですから、医鷲旗の奪還をお望みですよね」

高階顧問は、手にした杯を一気に干す。そして言う。

「心にもないことは口にしない方がいい。本当は別のことを言いたいんだろ」

見透かされ、一気に酔いが醒(さ)めた。だが言葉の中身の厳しさとは裏腹に、高階顧問の声は柔らかくぼくを包む。

「何もかもお見通しなんですね。では単刀直入に。実はお願いがあります」

首をひねる高階顧問に、一瞬ためらった後、思いきって言う。

「東城大学剣道部の顧問に就任されても、夏まで速水に稽古をつけないで下さい」

高階顧問は、眼を細めてぼくを見た。

宴会場は修羅場となり、怒声と嬌声が入り交じり、果ては歌声まで響き始めた。ぼくは高階顧問の沈黙に怯えた。当たり前さ。どう見たってぼくの依頼は卑怯(ひきょう)だ。だがそれはこの夏、東城大を下し医鷲旗を奪還するにはどうしても必要な一手だった。

短い沈黙の果てに、高階顧問は笑顔になる。

「清川君、君はなかなか興味深い。卑怯と知りつつ、ぬけぬけとそうした頼み事ができるあたり、大物だ。先ほどの言葉は訂正しよう。君は素質だけの人間ではなくて、確かに才能がある。悪巧みを自分の素質に絡ませることにためらいを持たずに済むくらいの大きな才能が、ね」

高階顧問の言葉は相変わらず、正と負の評価の狭間を玉虫色にゆらゆら揺れている。黙りこんだぼくに、高階顧問は続けて尋ねる。

「私が夏まで速水君に指導をしないと、清川君の読みではどうなる？」

「速水の伸びが少し止まり、この夏、ぼくは速水と互角に闘えます」

「もしも速水君に稽古をつけたら？」

「速水はぼくの手の届かない領域に行ってしまう」

高階顧問は腕を組んで眼をつむる。

沈黙。その静寂が永遠に続くのではないか、とぼくは恐れた。

突然、高階顧問は高笑いを始めた。

宴会場が一瞬、静まり返る。だがすぐに、また雑談の渦に飲まれていく。

やがて笑い声を収めた高階顧問は、真顔に戻って言う。

「清川君、君のことをただのうぬぼれ屋かと思っていたが、間違いだった。うぬぼれ屋は決して自分を卑下したりはしないからね」

「はあ」

生煮えの返事をする。他にどう答えればいいっていうんだ？

「それにしても、それほどまでに才能あふれる君が、どうして速水君をそこまで意識するのか、不思議だね」

何を言っているのだ、このオッサンは。

「わからないかい？　君は速水君を過大評価している、と言っているんだよ。私が速水君に稽古をつけたところで、彼は君の手の届かないところまでは行けない」

「何でそんなことわかるんです。速水のことなんか、ろくに知りもしないくせに」

ぼくはむっとして問い返す。高階顧問はにこやかに言う。

「速水君の剣は、一昨日拝見してきた。東城大に赴任のあいさつがてら、稽古を見学してきたんだ」

ぼくは息を呑む。高階顧問は、すでに速水を知っていたのか……。

高階顧問は腕を組み、遠くに視線を投げる。

「清川君が怯えるのもわかる。虎のように威圧し、王のように君臨する剣だったからなあ」

ぼくが速水に怯えている？　冗談じゃない。あんな遠間から単調に打ちこんでくる面打ちに、何でぼくのカミソリ小手がビビらなくてはならないんだ？

高階顧問はひとこと呟く。

「だけどそれは、責任感という鎖で、自分自身をがんじがらめにしている剣でもある。だから自由な清川君の方がずっと上に行けるはずだ」

高階顧問の言葉は迷宮のように、ぼくを右往左往させる。

高階顧問が稽古をつけても速水は遠くには行けないという。ぼくの剣の方がずっと自由だとも言う。

それって本当なのか？

黙りこんだぼくを見て高階顧問は腕組みを解き、杯を持つ。

そしてぼくにも杯を勧める。

「話はわかった。清川君のお願いを叶えてあげよう。どうせ夏までだし、その辺りまでは私も忙しいから、もともと稽古はつけてあげられないと思っていたんだ」

「ありがとうございます」

意外だった。こんな卑怯な頼みを、高階顧問があっさりと呑むなんて。

頼んだのはダメもと。どうせ断られると思っていたのに。

世の中、何でも一応言ってみるもんだ。

「なあに、感謝するには及ばないさ。何事も中途半端はよくないと思っただけだ」

そう言って高階顧問は杯を上げ、ぼくの杯と合わせる。

「乾杯。清川君が医鷲旗奪還を宣言した、その勇気に対して」

ぼくは杯を合わせ飲み干しながら、心の中で舌を出す。

——宣言だけなら、タコでもできるさ。

宴の沈滞を見極めて、坂部がマイクを取った。

「ご静粛に。ここで皆様に大変喜ばしく、同時に少々悲しいご報告がございます。昨秋から剣道部員をご指導下さった高階顧問が、東城大学へご栄転となります」

一斉に拍手。高階顧問は軽く杯を掲げ、目礼する。坂部は続ける。

「部員にとっては悲しいことですが、おめでたいことですので部員一同快く送り出させていただきます。では女子部員代表から、感謝の花束贈呈です」

女責の塚本が、前に進む。お、珍しく緊張してんじゃん、塚本。

一斉に拍手が起こる。

「東城大の佐伯外科を帝華大学の傘下に収めてこいよ」

OBの野次が飛ぶ。東城大学の佐伯教授。食道癌手術の名手。ぐうたら医学生のぼくでさえ知っているビッグネーム。高階顧問が外科の世界でもひそかに阿羅の呼び名で、佐伯教授と並び称されるところまで来ていることを、大学病院に勤務しているOBの先輩から聞かされていた。

だが、そのあだ名が実は剣道部時代に由来するものだということは、医局でもあまり知られていないのだそうだ。

高階顧問は立ち上がり、塚本から花束を受け取ると、握手の手を差し出す。

塚本は見ていて気の毒なくらいどぎまぎしている。

ぼくは知ってる。塚本は、高階顧問に憧れていたんだ。

高階顧問は、花束を左腕に抱え、挨拶を始めた。

「わが母校、帝華大学医学部剣道部に戻って半年。短い間でしたがお暇(いとま)しなくてはならなくなりました。ですが日本は狭い。同じ空の下、いつでもお会いできるし、稽古だってできる。だから悲しまないで下さいね」

ほっとしてます、と間髪を入れずに坂部が野次を飛ばし、笑いが湧いた。

「坂部君、安心するのは早い。私がいなくなっても、みなさんには相変わらずの稽古三昧が待っているはずです」

高階顧問はぼくの顔を見ながら、にこやかに言う。

「皆さんは、先ほどまで私と清川君が、ひそひそ悪巧みをしていたのを見ていたことと思います。清川君は照れ屋で不言実行、自分の口からは言いそうにないので、お別れの挨拶代わりに、私が清川君の決意を皆さんにお伝えしましょう」

え？　何を言ってんだ、オッサン。

「先ほど、清川君は私のところに目に涙をためて訴えに参りました。私が東城大に赴任し、剣道部に稽古をつけたりしたら、帝華大は医鷲旗奪還ができなくなってしまう、という切々とした訴えでした」

ちょ、ちょっと待て。似てる話だけど全然違うじゃん、それ。

　ぼくは眼を白黒させたが、会場中の視線がぼくに集中しているのを感じて、思わず顔を伏せてしまう。まずい。

　これじゃあ高階顧問の言葉が真実味を増してしまう。顔を上げろ。そして反論するんだ、清川吾郎。だが、時すでに遅し。

　立て板に水のように、高階顧問の言葉はよどみなく流れてゆく。

「清川君はこう言ったのです。今年の夏まで、私が東城大学剣道部に稽古をつけるのは待ってもらえないか。今年はフィフティ・フィフティで勝負したいのだ、と。だから私は尋ねたのです。本当にそれで医鷲旗を奪還できるんだね、と」

　高階顧問はにこやかに続ける。ぼくは呆然とその口元を見つめる。

「清川君はできます、と断言しました。そして、もし優勝できなかったら丸坊主になる、と宣言したのです。あのおしゃれな清川君が髪を切る決意までしたんですよ。私はそのまっすぐな願いに、思わずうなずいてしまいました」

　一斉に拍手が沸き起こる。

　負けたら丸坊主？　そんなバカな。抗議しようと思って高階顧問を見たが、その眼は悪戯（いたずら）っぽく笑って、こう言っていた。

　――無茶な頼みごとをしたんだから、この程度は覚悟してたんでしょう？

　ぼくは何も言えなくなってしまった。

「私は清川君の覚悟に感動しましたが、さすがに今年の夏だけの勝負というのは可哀想だと思いました。そこで、来年の夏までに、というラインで手を打ったのです」

拍手、拍手。高階顧問は、続けた。

「私は予言します。なりふり構わない清川君の執念が、二年以内にわが帝華大学医学部剣道部に、再び医鷲旗をもたらすだろう、と」

一息入れた高階顧問は、最後を締める。

「十年前、私たちが奇跡の大逆転劇で決勝を制した時、序盤のふたりが二コロで負けて絶体絶命の窮地に立たされました。その時、大将だった私はがちがちに硬くなっていた中堅の後輩を呼んで、こう言いました」

思いがけずに浮上した、帝華大の伝説。全員、一心に耳を澄ます。

「俺たちは勝つ。そういうことになっているんだから、思い切っていけ」

あまりにも単純で明快、かつ地味な言葉に、ぼくは脱力してしまった。

高階顧問は、ぼくの顔を見つめた。

「清川君、今、同じ言葉を君たちに贈ります。君たちは勝つ。そういうことになっているんだから、思い切っていけ」

会場は静寂に包まれた。

それから割れるような拍手の渦に包まれた。高階顧問は花束と共に静かに着席した。

タヌキ親父め。無茶な頼みごとを引き受ける代わりに、それ以上の重荷を、このぼくに背負わせやがった。こんなんじゃ、全然間尺に合わない。

BOØWYのハスキーな声で、鏡の中のマリオネット、という旋律が、ぼくをあざ笑うかのように、脳裏をよぎった。

# 第五章
# 剣心一如

桜宮・東城大　初夏

梅雨に入り、新生・東城大学医学部剣道部にとって、初めての合宿が行なわれている。新入生歓迎合宿、通称梅雨合宿だ。

東城会館に夕方、大荷物を抱えた新人がふたり、やってきた。中学時代の剣道経験者、長村と、宿敵・帝華大剣道部の主将、清川吾郎の弟・清川志郎だ。

布団の手配を終えた二年生の河井が、さっそくちょっかいをかける。

「引っ越しじゃないんだから、大荷物すぎるぞ。一体何が入っているんだ?」

河井は清川志郎の荷物を開け、チェックに入る。下着や着替えの他、教科書一式が揃っているのを見て、微笑む。

「まだ、授業にきちんと出てるんだな」

小谷がしみじみと言う。

「そう言えば鈴木と河井も一年前はこうだったなあ」

河井は、そうっすね、と言いながら、持ち物検査の手を休めない。

「清川、トニックにドライヤーまで持ってきたのかよ」

「いけませんか？」と志郎はしゃらっと答える。

「おまけに着替えが一着、二着、三着、四着……全部で八着って、何考えているんだ、お前は。合宿は四泊五日だぞ。何で服が八着も要るんだよ」

「その日の気分で選ぶからに決まっているじゃないですか」

「決まっている、って、誰がそんなの決めたんだよ」

布団を敷き終え、ごろごろしていた小谷が顔を上げた。

「長村、気が利くね。コミックを持ってくるあたり、合宿のプロと見た」

「よろしかったら先輩、お先にどうぞ」

速水は、初めての後輩ができてはしゃいでいる鈴木と河井をたしなめる。

「お前ら、去年の合宿での小谷の大変さは覚えているな。梅雨合宿のもうひとつの顔を忘れるなよ。参考書は持ってきているんだろうな」

その瞬間、鈴木と河井はげんなりした顔になった。河井がぽつりと呟く。

「せっかく忘れていたのに……」

物怖(ものお)じしない清川志郎が無邪気に速水に尋ねる。

「何なんですか、梅雨合宿のもうひとつの顔って」

速水はにっと笑って答える。

「鬼より怖い、解剖合宿さ」

通常合宿は、朝、昼、夕と一日三回の稽古を行なう。例外は寒稽古で早朝稽古だけだが、もうひとつの例外は梅雨合宿の昼稽古だ。梅雨合宿では昼稽古の代わりに、昼休みに合宿所に集まる。そこで行なわれるのが、解剖合宿だ。

二年生はゴールデンウィーク明けから解剖実習が始まる。五月から九月までの約半年、朝から晩まで解剖実習に明け暮れる。解剖というと、ドラマの司法解剖のように死因を追究するものを想像するかもしれない。だが医学生が学ぶ解剖は系統解剖といって、ふたりひと組みで一体の御遺体を徹底的に分解し、人体の構造を学ぶものだ。

人間の部品とも言うべき骨や筋肉には名前がついていて、それらをすべて覚える。しかもラテン語と日本語の両方だ。さらに骨には部分の名前までついている。結局、骨だけで三百、筋肉を合わせると千近い名称を、ひたすら丸暗記しなくてはならない。加えて臓器の構造、部位、位置関係も覚える。膨大な量の勉強をやらねばならない二年生を徹底的に鍛える愛の鞭(むち)合宿、それが梅雨合宿のもうひとつの顔だ。部屋でごろごろしていても廊下で遭遇しても、稽古以外いつでもどこでも、尋ねられた骨や筋肉の名称を即座に日本語とラテン語の両方で答えなければならない。一問不正解すれば翌日は掛かり稽古一回、という罰が待っている。梅雨合宿は一年生にとっては剣道の洗礼だが、二年生には勉強蟻地獄、医学用語との格闘だ。

早速、速水が「僧帽筋のラテン語名は？」と訊ね、鈴木は即答する。

「ムスクルス・トラペジウス」

鈴木は剣道の実技はからきしだが、ペーパー上の知識なら、部員の誰をもしのぐ勉強家だ。思考回路と運動神経が、ほんの少しでも接続していたら、ものすごい選手になっていたはずだ。

解剖合宿には返し技がある。正答した場合、質問した方が掛かり稽古をこなす。抑止力を組みこまないと、際限のない物量攻撃になってしまうからだ。

速水は河井を見た。普段は傍若無人に過ごすヤツが、心なしか小さく身を縮めていた。

――ははあ、河井が地獄を見ることになりそうだな。

速水は武士の情けで、質問を見送った。

解剖合宿の口頭試問では、上級生はラテン語名だけを尋ねることが多い。その方が答える方もラクだ。解剖合宿の花形はよくも悪くも一年生だ。

彼等には解剖の知識は、まだない。だが彼等もこの口頭試問に参加できる。たとえば自分の筋肉を指し、この筋肉は？　と尋ねるわけだ。つまり日本語とラテン語の両方を答えなければならない点で、一年生の質問の方がヘヴィだ。大概、一年生は自分のことで手一杯だから、なかなか解剖の口頭試問にまで手が回らない。だが今年の清川のように小生意気な一年生がひとり入っただけで、解剖合宿は本当の地獄になる。

太鼓の音と共に、地稽古の相手が替わる。肩で息をしながら、地稽古相手の速水に礼をした長村は、なかなか健闘している。高校三年間のブランクは、夏までに埋まるかもしれない。鈴木はとっくに抜かれ、運動神経のかたまり、河井に肉薄しつつある。東城大は一気に層が厚くなった。

次に速水の前に現れたのは、清川志郎だ。逸材で、すでにレギュラークラスだ。太鼓が鳴る。帯刀し、礼。蹲踞、構え、剣先を合わせて立ち上がる。気合いの声。いい気迫だ。面金の奥で、野生の獣のような眼がぎらりと光る。いきなりの連打、嵐のような速攻だ。コイツはいつもこうだ。始めから手負いの獣のように挑みかかってくる。速水は丁寧に清川の攻撃を受け潰す。攻撃は速く鋭いが、何かが足りない。相手の臓腑に響いてくるものがない。

速水は、目の前の清川志郎と、かつて剣を交えた志郎の兄、吾郎をダブらせる。兄弟だけあって、剣筋は似ているが、どこか違う。何を考えているのかわからない分、兄貴の吾郎の方が、不気味なこわさがある。

連打が尽き、技が居着いた一瞬を捉え、速水は志郎の面をあっさりと奪った。

◇

清川志郎は荒れていた。夜な夜な行なわれる宴会では手拍子で歌を歌わされる。歌詞カードを見ずに歌うことを要求されるので、大変だ。一曲歌い切れないと、ビールを一杯飲み干さなければならない。つまり梅雨合宿とは、二年生は解剖学のラテン語と日本語の固有名詞を、一年生は歌の歌詞を丸暗記しなければならないという暗記合宿でもあった。

何事にも裏道がある。長村は生真面目に歌詞のコンプリートを目指し、寸前でダメになっては杯をあおることになるが、志郎は要領がよく、知らない歌詞でもごまかして平然と歌い切る。したがって酒量は増えない。

だがその晩、なぜか志郎はかなり呑んでいた。河井が言う。

「だいたい、どうして兄貴が吾郎で弟が志郎なんだよ。普通、逆じゃね？」

志郎はとろんとした眼を河井に向け、ろれつの回らない舌で答える。

「親父がバカなんですよ。男の子を五人欲しかったから、カウントダウンしようと思って、順番を逆にしたんです。ところが吾郎、志郎でギブアップ。情けねえ」

手にした焼酎のストレートをぐいとあおる。河井がくっと笑う。

「せっかく、次は兄弟で唯一順番どおりになるはずだった三郎君、だったのにな」

「どうしてお前、お兄ちゃんのいる学校へ行かなかったんだ？」

小谷が尋ねると、志郎はけたけたと笑う。

「帝華大は難しすぎるからに決まってるじゃないですか」

場が一瞬白けた。帝華大学医学部は偏差値では全国トップ、受験生の輝ける頂点だ。頭を揺らしていた志郎は、突然ぴたりと動きを止め、二の腕を指さし、河井を指名する。

「河井先輩、ほら、ここ。ここの名前は？」

「清川、てめえ俺ばっかり攻撃しやがって。ナメるな。そこはオス・ウルナだ」

志郎は頭を揺らす。それから手を打ってけらけら笑う。

「やーい引っかかった。残念でした。ここは〝ヒジ〟でした」

「バカ野郎。ピザクイズじゃねえんだ。河井の正解。これで河井の五勝七敗だな」

小谷の裁定に、速水は笑いながらつけ足す。

「怒濤の五連敗から、よく盛り返したじゃないか、河井」

「冗談じゃないっすよ。これ以上、一年坊にナメられてたまるかって」

剣道では志郎が河井を抜き去っていた。その苛立ちもあり、志郎に対する河井の反感は日に日に強くなっていた。

「コイツ、酒グセが悪いな。もうその辺にしておけ」

前園が立ち上がりながら、言った。上級生たちが、学寮に帰る前園を玄関まで見送って部屋に戻ると、ふたりの一年生はすでに突っ伏して眠っていた。

「ホントにいいタマだわ、こいつら」

河井が言ったひとことに、他の上級生一同は、無言で同意した。

「今年の医鷲旗、俺、レギュラー落ちっすか」

河井が単刀直入に尋ねてきた。こういう直截的なところが河井のいいところだ。

「メンバーを考えると、清川は当然レギュラー入りでしょうね」

鈴木が言う。鈴木自身は、長村と河井にも届かないことを自覚しマネージャー役に徹して、冷静な判断をしてくれるので、速水は重宝している。

「ああ、そうだな。前園先輩、俺、小谷、清川というレギュラーメンバーで、残るひとつの椅子を河井と長村が争う、ということかな」

「長村にはまだ負けないっすよ」と河井が言う。

「頼むぞ。だけど長村に勝って喜んでいるんじゃなくて、清川を叩き落とすくらいの気持ちでいてくれ。でないとチームが伸びない」

「もちろんそうしたいっす。いつまでもこんなヤツにでかい面させたくないっす」

枕を抱き締め眠りこけている志郎の頬に、河井はパンチを浴びせた。

むにゃむにゃと口ごもる志郎を見ながら、小谷が言う。

「オーダーはどうします？」

速水は腕組みをして答える。

「先鋒は清川だな。次鋒が河井か長村、中堅に前園先輩、副将が小谷、そして大将が俺、だな」

「ここ数年のうちでも一、二を争う充実したメンツですね」

ひょっとしたら、と続けた小谷はそこで言葉を切った。たぶん、小谷は速水と同じことを考えていたのだろう。

――ひょっとしたら、今年こそ医鷲旗に手が届くかもしれない。

打ち上げを翌日に控えた合宿三日目。夕方の稽古に、五月から剣道部顧問に就任した高階講師が顔を出した。異動直後で仕事が忙しいらしく、五月中は一度も稽古に顔を見せなかったが、梅雨合宿の間に顔を出すと知らされていた。

道場では、道着に着替えた高階顧問が端然と座っていた。速水の胸が高鳴る。剣道四段、医鷲旗の覇者。一体どんな剣で、どんな指導をしてくれるのだろう。

続いて前園が入ってきた。高階顧問の前に正座し、深々と礼をした。

「ご指導、よろしくお願いいたします」

「まあ、そう固くならずに」

高階顧問はにこやかに言う。

速水と前園は更衣室で着替えながら、ぽつぽつと話す。

「どんな剣かな」

「清川によれば、帝華大では阿修羅と呼ばれていたそうです。速攻型ですかね」

「確かにそんな身体つきだな」

ふたりが着替えを終えると、下級生たちがどやどやと入ってきた。

太鼓が鳴って、最後の地稽古を終えた。合宿最終日直前の疲労しきった身体で、部員たちは息を切らしていた。濡れた道着がずっしりと重い。

速水は顔を上げ、畳の間に座り続けていた高階顧問を見た。一時間半の稽古の間中、高階顧問はとうとう一歩も動かなかった。

誰一人、稽古をつけてもらえなかったのだ。

整列の号令を掛けた速水の声には、微かな失望の響きが混じっていた。

黙想を解き、眼を開けると、高階顧問は立ち上がり神棚を見上げた。

「明鏡止水、ですか。立派な額ですね」

そう言って、部員たちを見た。

「みなさんの稽古は立派です。その調子で精進して下さい」

それだけ？　肩透かしを喰らって虚脱した速水の隣で、前園が声をあげる。

「高階先生、稽古をつけてはいただけないのですか」

「私が稽古をつける必要がありますか？」

「ええ、是非」

前園の即答に、高階顧問は首を左右に傾けて、肩を回す。

「それは困りましたね。実は、夏までは稽古をつけてあげられないんです」

前園の落胆がダイレクトに伝わってきた。夏までは無理、ということは、夏までしか剣道部に在籍しない前園は稽古をつけてもらえないことを意味する。

「やはりお仕事がお忙しいのでしょうか？」

速水の問いに、高階顧問はにこやかに笑って答えた。

「忙しいには忙しいですが、稽古の時間がないほどではありません。実は、夏までみなさんに稽古をつけない、ということを約束させられてしまったのでね」

「誰に、ですか？」

速水の質問に、高階顧問はあっさりと答えた。

「帝華大の清川君、です」

下座でがたっと音がした。見ると清川志郎が立ち上がっていた。

「汚ねえ。アイツはいつもそうだ。ズルでも何でも平気でやるんだ」

隣の鈴木が懸命に袴の裾を押さえて座らせようとする。だが志郎は握り拳を振り回しながら、続けた。

「何でアイツとの約束を守らなければならないんですか。先生は東城大の顧問でしょう？　帝華大の便宜を図るのなら、ただのスパイじゃないですか」

高階顧問は眼を細めて志郎を見た。垂の名前を見て、驚いたように言う。

「おや、ひょっとして君は清川君の弟クンかい？　そういえば面影があるね」

前園が、志郎をひとにらみして、言う。

「清川、座れ」

何か言いかけた志郎だったが、前園の迫力に押され、黙って座った。

前園は高階顧問に言った。

「一年坊が失礼しました。でも、コイツの疑問は、みんなが感じていることです。どうして帝華大との約束を守り、われわれの指導の手を抜くんですか」

高階顧問は前園を見つめた。それからにまりと笑う。

「それはね、その方が物語が面白くなるからです」

そんなバカな。思わず速水の口から反発の言葉がこぼれた。小谷も鈴木も河井も、同時に何か言ったようだ。違う言葉だが、同じような意味に違いない。

「面白半分でなら、われわれ剣道部にチャチャを入れてほしくないです」

前園が怒気を含んだ声で、決然と言い放つ。

「母校の帝華大学剣道部の方が大切なら、今すぐ顧問の座を返上して下さい」

高階顧問は腕を組んだままうなずく。

「どうやら言い方が悪かったようですね。ここの顧問はやりたいし、困ったなあ」

悪戯っぽい顔で、続けた。

「でも仮に私がみなさんの指導を夏までしないとして、皆さんに不利で帝華大に有利なことってありますか？　一番ひどいのは、みなさんが弱くなるように劣悪な指導をすることでしょう？　私は東城大の指導をしないが帝華大の指導もできないわけですから、みなさんの不利にはならないと思いますけど」

前園は理詰めの攻撃に一瞬たじろぐ。冷静に判断すれば、高階顧問の言葉は正しい。だが理屈では割り切れない。この夏の大会が最後の前園は食い下がる。

「士（さむらい）は己を知る者のために死す。そんな日和見タヌキみたいな人を、わが東城大医学部剣道部の顧問として認めたくありません」

「困ったなあ。私は一体、どうすればいいんでしょうか」

高階顧問は本気で悩んでいるようだ。速水は呆然とした。

そもそも、帝華大に頼まれたから稽古を夏までつけられないだなんて、言わなくても済むはずだ。言いわけはいくらでもできる。現に前顧問の糸田教授だって、年に一度しか稽古を見に来なかったくらいだし。

——バカなんだろうか、この人。

速水がそう思った瞬間、前園が意を決したように言った。

「じゃあこうして下さい。われわれ部員と一本勝負。こちらが一本でも取ったら、その時は帝華大との約束を違（たが）えて、われわれに指導して下さい」

「もしも君たちが一本も取れなかったら、どうします？」

「その時は諦めます。でも先生はご多忙で、全然稽古をされていないでしょう。毎日竹刀を振っているわれわれが、一本も取れないはずはありません」

確信に満ちた言葉だった。

ベッドサイド・ラーニングで臨床授業を受けている最上級生の前園は、恐らく病棟での高階講師の激務ぶりを耳にしているに違いない。

高階顧問の右眉がぴくりと上がり、前園の顔を見つめる。

長い間。やがて高階顧問はにこやかに言った。

「なるほど、それはいい考えだ。それなら、私の顔も立つ。勝負に負けたので、言うことを聞かなければならなくなりました、悪しからずって、言いわけできる」

高階顧問はにまっと笑って言った。

「でもおかしな話だね。君たちに負けるくらい弱ければ指導を仰いでもムダだし、指導を仰げるくらい強ければ、試合をしても勝てっこないし。一体、何がしたいのかなあ」

空とぼけた人だ。

たとえ四段で医鷲旗選手権者であろうとも、現役で若手ばりばりの俺たちに、外科医の仕事でへろへろの中年オッサンが、勝てると思っているのだろうか。

速水の心中の侮蔑を見透かしたかのように、高階顧問はにまりと笑う。

「勝った気でいると、足をすくわれますよ。窮鼠猫を噛む、とも言いますからね」

ネズミなんて可愛らしいもんじゃない。

どう見ても、腹の黒いタヌキにしか見えない。

高階顧問の前に部員が並ぶ。太鼓が鳴った。ひとり目は一年生の長村だ。力ずくで連打したが、技が尽きたところをあっさり小手を奪われた。

ふたり目は鈴木が志願した。用心深く剣先を合わせて様子を見ていたら、いきなり面を打ち据えられた。ふたりとも秒殺だ。前園がひきつった笑顔になる。

「ま、これくらいはやってもらわないとな」

太鼓が鳴った。三人目は河井だ。立て続けに打ち続け、善戦しているように見えた。だが、遠間からの面をかわした高階顧問は、体当たりで河井の身体を受け止めた次の瞬間、ふわりと引き面を打ち、一本。

これまた一分とかかっていない。

四人目の小谷は、小手を打つフリをして、フェイクで面打ちに行ったところを胴を抜かれた。変幻自在、みごとなものだ。

前園が苛立った声で言った。

「相手はオッサン剣道だぞ。スピードだって速くない」

志郎に鋭い視線を向ける。

「いいか。兄ちゃんがしでかした尻ぬぐいは弟のお前がしろ」

「言われなくてもわかってます」

太鼓の音。

剣尖を合わせると、高階顧問が初めて言葉を発した。

「お、弟クンの登場か」

「うるさい」

清川弟は問答無用で一気に斬りこんでいく。面、面、小手、小手、面、小手、面——眼にも止まらぬ連打の嵐。速い。兄に対するコンプレックスに火がついたのか、これまで見たこともないようなスピードが、志郎の剣には宿っていた。

「お、ちょ、ちょっと待った、ほい」

高階顧問の体捌き(たいさばき)に、柳に風と受け流されて、志郎は勢いこんで畳の間につんのめる。体勢を立て直す志郎に、高階顧問はにこやかに言う。

「うーん、お兄ちゃんにそっくりだな。だが、お兄ちゃんの方が上だね」

「うるさい、黙れ」

連打を再開した出鼻を、高階顧問の剣先が、ぴたりと小手を押さえた。

志郎は打たれた小手を呆然と見つめていた。

「情けないヤツらめ」

前園が竹刀をびゅ、と鳴らして立ち上がる。太鼓が鳴る。道場の窓硝子を震わせて、気合いを出す。高階顧問は、飄々(ひょうひょう)とその気合いを受け流す。

剣先の攻め合いがひとしきり続いた。さすがに秒殺はない。ガタイのいい前園が気合い十分に高階顧問を道場の隅に追いこんでいく。

面、と鋭く打ちこむが、高階顧問の竹刀がかちり、と受け止めた。

一瞬、竹刀の軌跡が視野から消えた。

同時にぱあん、と鮮やかな音が響き渡る。

「返し胴」

呆然と、前園が呟く。顔を上げ、「まだまだ」と吠えて飛びかかろうとしたその瞬間、残心を示していた高階顧問の剣先が、前園の小手を押さえる。

「それまで。見苦しいぞ。約束は一本勝負でしょう」

高階顧問の声に、前園はがくりと膝をつく。

高階顧問は、正座している速水を見下ろしていた。速水は帯刀し、立ち上がる。

太鼓の音を面金の奥の左耳で聞きながら、速水は高階顧問と相対した。ムダな力みもなくすらりと立っている。剣先で出方を見るため、左側から剣を小さく払う。波紋のように、力が受け流されていく。上から高階顧問の剣先を押さえこもうとした。胸元につきつけられた剣先がぐわり、と速水の空間を侵食する。

驚いて、一瞬、身を引いた。

高階顧問は無造作に間合いを詰めてくる。

追尾速度は決して速くはないのに、たちまち道場の隅に追いつめられる。

──窮鼠猫を嚙む？　冗談じゃない。どう見たって、阿修羅だ。

速水を威圧してくる高階顧問の竹刀が、三本にも五本にも見えた。

追いつめられた速水が踏み込んだ瞬間、高階顧問は、ぴしり、と小手を打った。

速水を見下ろして、高階顧問は言った。

「今のは清川君の小手です。彼は今、このレベルにいる。清川君は速水君を過大評価している。だからあんな的外れな依頼をしたんです」

全員がうなだれて正座する。高階顧問は汗を手ぬぐいでぬぐっていたが、ひとりひとりの顔を見ながら、うなずく。

「これでお互い満足だね。君たちも気が済んだろうし、私も約束を守れる」

膝の袴を握りしめた前園の拳が、小刻みに震える。

やがて、きっと顔を上げると、吠えるように言う。

「何でろくに練習もしていない先生に、俺たちがこてんぱんに負けてしまうんだ」

高階顧問は答える。

「前園君、君は思い違いをしている。社会という大海原から見れば、剣道の稽古なんて小さな水たまりのできごとにすぎない。その闘いは、人生のひとかけら。

君が私に勝てない理由は簡単だ。私は毎日、手術室という命を削る闘いの場に身を置いている。メスという刃は竹刀より小さいが、その下で繰り広げられる世界は、一歩間違えば相手の命を奪う真剣勝負。剣道場で行なわれている勝負よりも厳しい。そこで毎日メスを振るっていれば、剣筋はおのずと磨かれる」

高階顧問は窓から外を見やって、ぽつりと言う。

「まだまだ、青二才には負けません」

速水は、顔を上げる。高階顧問と視線がぶつかる。

その瞬間速水は思った。

——ああ、俺は外科医になろう。

# 第六章 ミラージュ

## 東京・帝華大　初夏

初夏という言葉には爽やかな印象があるけど、そんないい季節じゃない。大半はじめじめとした梅雨が占めている。なのにみんなは一瞬の晴れ間のすがすがしさばかり覚えていて、陽性の印象しか抱かない。そしてぶつぶつ文句を言う。今年の初夏は、じめじめしていて冴(さ)えない、なんてね。でも初夏ってもともとそんな季節なんだってば。

多分それは、青春という言葉と、どこか似ているのかもしれない。

さて、高階前顧問の悪だくみで、来年までに医鷲旗を取らなければ丸坊主という、とんでもない約束をさせられたぼくだが、いつもの調子でレット・イット・ビー、丸坊主になったらどんなファッションが似合うか、稽古前にこっそり雑誌で研究したりしていた。だがそれがよりによって、生粋(きっすい)の硬派の新保前主将と、男らしさに価値を置く女責の塚本に見つかってしまったからさあ大変、スーパーサラウンドで非難囂々を喰らう羽目になった。

まったく、よけいな置き土産を残していってくれたものだ、あのクソタヌキ。

ぼくは道場の片隅で、新保先輩と塚本ににじり寄られ、責められた。

「信じられない。何もしないうちからもう丸坊主になる準備を始めてるわけ？　あんたには男の意地ってモンはないの？」

「本当に情けないヤツだ。闘う前から負け戦と決めてかかるなんて」

ぼくは肩をすくめる。あんたたちみたいなメンタリティが、日本が米国に勝てるなんて思いこませたから、大東亜戦争に突入したんだぜ。

もっとクールにいこうぜ、マイ・バディ。

「ふたりが気に入らないのはわかるけど、これは個人的な問題だから」

ぼくは小声で愚痴る。

「……そもそも何でぼくの髪型と部活目標がクロスオーバーするんだよ」

「それはお前が高階顧問と約束したからだろ」

ぼくがどれほど、高階顧問にはハメられたんだ、と真相を力説してみたところで、今さら誰も言うことを信用してくれないだろう。

何しろぼくはずっと、オオカミ少年だったんだから。

かくしていたいけなぼくは、オオカミに食べられてしまったのでした。

……あれ？

話がそれた。元に戻そう。

「まあ、これはぼくなりの覚悟の表明の仕方だと思ってもらいたいな」

塚本が不思議そうな顔をする。

「あんたの覚悟って、要するに負けそうだから坊主のファッションでも研究しておこう、という程度のことでしょう？」

つきあいが長いということは、いいことがある反面、悪い面も多い。こんな風に、何のためらいもなく相手の図星をつくなどという不埒なことを平然とできるのは、悪い面の最たるものだ。

だが、その程度の攻め手は予想範囲内。ぼくは塚本に言う。

「誤解だよ。ぼくは確かに坊主頭ファッションを研究したさ。だけど結論は、ぼくには坊主頭は似合わない、ということ。だからできればこんな頭になりたくない、という決意が固まった。だから、本気で医鷲旗を取りに行く」

塚本と新保先輩のふたりは、半信半疑でぼくを見た。人の言うことを丸呑みしない、というその姿勢は人生を生き抜いていく上で大切なことだよね。

それは正解、だって今のぼくの台詞は、半分だけが本音なのだから。

「あんたの断固たる決意って〝できればなりたくないなあ〟って語尾が精いっぱ

いなのよね……」

ぼくは塚本のチャチャを華麗にスルーして、これから起こるかもしれない奇跡の実現に向け、必要な一手を打った。

「そこで、おふたりにお願いしたい。本気のぼくは、あらゆる手段を講じて医鷲旗を取りに行く。だからその時は一切反対しないで、言うことを聞いてもらいたいんだ」

塚本女責と新保先輩は、疑惑の表情で顔を見合わせる。

彼等は幾度となく、ぼくに煮え湯を飲まされてきたんだから、即答でなくても仕方がない。だけどどうせ彼等もぼくを信用せざるを得なくなる。

なぜなら、そうするしか医鷲旗を手にする方法がないからだ。

仕方なさそうに、彼等はうなずいた。

これで条約締結。だが安心してほしい。今回に限っては、これまでのような不平等条約を批准するつもりはない。夏までの短い間は、ぼくにしては珍しく、目標達成のための方策を本気で打とうと決意していた。

ぼくは彼等にかなり正直に本音を話した。そう、たぶんぼくに坊主頭は似合わない。だからぼくは、そうならないためにあらゆる手を打つ。

まあ、概(おおむ)ね本当だ。概ね、だけどね。

ぼくはいまだに疑惑の視線でぼくを見つめているふたりに、言った。

「さあ、稽古の時間だ。準備体操を始めようか」

一年生の地稽古の相手をしながらも、ぼくは上の空だった。ああ言ったものの、どう考えてもあと一枚、コマ不足。高階タヌキ前顧問の話を信用すればぼくは今、速水と互角のレベルにあるらしい。そうなると前園という大物には新保先輩をぶつけざるを得なくなる。すると目障りなのが弟・志郎だ。あいつはぼくからみればまだまだだけど、医学部剣道部のレベルからすれば、立派な戦力だ。うちの今井先輩でもヤバいかも。だとすれば、勝敗を決するのは案外、互いの雑魚同士の勝負になるのか……。せめて、志郎程度のコマがあとひとりいれば。

当然ながら相手は東城大だけじゃない。だけどそれは構わない。だってぼくが今考えているのは、東城大をめったたくたにやっつける方策であって、医鷲旗を取りに行く方策ではないんだから。

てっぺんに立ちたいという欲望は、ぼくの中では小さい。その代わり、同じ相手に二度続けて負けたくない、という気持ちは強烈だ。

坊主頭になるのは、大したことじゃない。一生坊主頭でいるわけもなく、一時の恥を笑ってやり過ごすのは得意中の得意だ。

こんなぼくにみんながダマされてしまうのも無理はない。だって医鷲旗を取るための努力をすることと、東城大にだけは確実に勝つ、というための戦略を練ることは、外から見ればほとんど違いがないんだからね。

そんな風にうまいことやっているように見えたが、実はぼくは本気で困っていた。目標である東城大に勝つためには、どう考えてもあと一枚足りない。それがよりによって自分の身内、弟の志郎が引き起こした事態であることが、ぼくを苛立たせる。まったく、志郎はぼくの邪魔をすることに生き甲斐を感じている変なヤツなんだ。

上の空だったせいか、ぼくはうっかり、弱っちい一年坊を力一杯、体当たりで突き飛ばしてしまった。ぶつかり稽古だから突き飛ばすのは勘定のうち。ただ、突き飛ばした先に三つ編みのマネージャー朝比奈がストップウォッチを持って正座していたのが誤算だった。

ヤバい。ガタイのいい一年生の身体が吹っ飛び、延長線上に小柄な朝比奈の姿が見え、ぼくは思わず目をつむる。

おそるおそる目を開けると、板壁に打ち付けられた一年坊は、へなへなとへたり込んでいる。

——あれ、朝比奈は？

見ると澄まし顔で、少し隣に正座し、「ラスト三十秒」と涼しい声をあげていた。

錯覚か？

気になり出すと、徹底的に追究したくなるのがぼくの性だ。

——試してみるか。

次の地稽古は幸いまた一年坊、思いどおりに誘導できる。相手を打ち据えて、道場の端に追いつめる。打たせた面を受け止めながら、朝比奈が正座しているあたりに誘導する。射出線が朝比奈に一致したのを確認後、大柄な身体を体当たりで突き飛ばす。

今度は目をつむらずに観察していた。朝比奈は、ぼくが一年生を突き飛ばそうとした寸前、ほんの少し腰を浮かした。そして、すい、と身をかわす。よく見ていないと動いたことすら気づかないくらい、小さく自然な動作だった。

——なんだ、コイツ？

ぼくは夢中になった。次は直接確かめてやる。

今度の地稽古の相手は塚本だった。ちょっと難儀な相手。だが、今回は相手を誘導するつもりはないから大丈夫。ぼくは塚本と数合打ち合った。

女性にしては、はしこい剣だ。ぼくはわりと真剣に彼女の剣をしのいだ。

やがてゆるゆると朝比奈が座る場所へ打ち合いの場を移動させ、塚本の背後に、正座する朝比奈がぴたりと隠れた。

——今だ。

ぼくにしては珍しく、大きく振りかぶって面を打ちこんだ。動きが緩慢なので、塚本は当然あっさりとかわす。塚本の身体がぼくの視界から消え、代わりに朝比奈の小柄な身体が現れた。

惰性で止まらないフリで、正座している朝比奈に突っこんでいく。

一瞬、朝比奈と目が合う。その瞳は微かに笑っていた。

次の瞬間、ぼくの竹刀は目標物を見失い、剣先は空しく床を打った。

「何やってんのよ、あんた」

背後から塚本の厳しい声が飛んだ。当然の叱責だ。

ぼくは竹刀を投げ捨てると、面金の奥から、正座する朝比奈を見下ろした。

「お前、一体何者だ？」

ぼくと朝比奈の回りにがやがやと人が集まってきた。

「何者、と言われましても……」

「剣歴は？」

「小さい頃、祖父から手ほどきを少々」

「経験者ならなぜ部員として活動しない？」

「ちょっと事情がありまして」

塚本がぼくと朝比奈を交互に見つめている。

「どこか痛めたのか？」

朝比奈は三つ編みを撫でながら、首を振る。

「そんなんじゃありません」

「じゃあ、やろうと思えばできるんだな、剣道？」

「そりゃあ昔からやってますから、真似ごとくらいなら」

「よし、じゃあ今からぼくの相手をしてくれ」

朝比奈は、へ？という顔になる。

「何ですか、それ。あたしはマネージャーです」

朝比奈は、助けを求めるように塚本女責の顔を見た。

塚本は言う。

「何言ってんのよ、清川君。いくらなんでも滅茶苦茶。どうしちゃったの？」

ぼくは塚本の顔を見て言う。

「だから言っただろ。ぼくを主将にしたら、死ぬほど後悔するって」

「どういうことよ」

「とにかくこれは主将命令だ。怪我していないなら、ぼくの相手をしろ」

朝比奈は考えこむ。それからにっこり笑って言う。

「では清川主将のご指示に従います。その代わり、お願いがあります。あたしはマネージャーなのに、主将は今、あたしに無理矢理剣道をさせようとしています。それなら約束して下さい。今から地稽古を三分間して、その間一本でも取られたら、あたしはこれからも主将の指示に従います。だけどもし一本も取れなかったら、あたしに二度と指図しないで下さい」

そう言い残して朝比奈は、道場奥の更衣室に姿を消した。

後ろ姿を見送りながら、ぼくは呆気にとられる。

地稽古三分の間に、一本も取れなかったら？

バカにするな。むっとしたけど次の瞬間には、思わぬ幸運にほくそ笑む。

ということは、一本取れたら朝比奈を稽古に引っぱり出せるということだ。

さっきの身のこなしは尋常ではない。あれならレギュラーの座は確実だろう。

しばらくして、更衣室の扉が開いた。

白い道着に紺袴のコントラストが鮮やかに眼に焼きつく。

一瞬、道場を涼しい風が吹き抜けていったような錯覚に囚われる。

ぼくは回りで興味津々にたむろしている部員に声をあげて指示を出す。

「ほらほら、見せ物じゃないぞ。地稽古を再開しろ」

遠巻きの円陣でぼくと朝比奈のやり取りを見守っていた部員たちは、しぶしぶ場を離れ、各々相手を見つけて、礼をする。

あちこちで気合いの声があがる。竹刀のぶつかり合う音の中、朝比奈は音もなく歩み、ぼくの目の前ですい、と立ち止まる。

帯刀して礼。互いに蹲踞。サブマネージャーが地稽古開始の笛を吹く。

立ち上がり、気合いを出す。朝比奈の気合いはよく通る、澄んだ高い声だ。

剣先が小刻みに、不規則に上下動している。セキレイの尾の動き。こちらの意図を読みとるかのように穏やかに、だが鋭く上下動を繰り返す。

仕掛けてこない。なぜだろう、と考えて、それは当然だ、と思い当たる。

朝比奈は一本取る必要はない。ぼくが一本取れなければ、彼女は目的を達成するんだから。

気乗りはしないが、取りあえず一本頂戴しておこう。気合いを発し、気を満たす。急速チャージ。

ひらりひらりと揺れる朝比奈の面に向かって打ちこむ。

手応えあり。次の瞬間、ぼくの剣先は床に突き刺さる。さっき、朝比奈の身体を捉え切れず床を叩いた映像をリピートするかのように。

顔を上げると、朝比奈の身体は、剣先の軌道から十センチずれていた。

ぼくは総毛立った。

ふたたび相対する。今度は丁寧に剣先を合わせる。かちゃかちゃと竹刀の触れ合う音。朝比奈の身体全体をぼんやりイメージしながら、焦点を朝比奈の小手に合わせる。

気合いと共に右足を前方へ。左足が床をぐん、と蹴る。身体を伸ばす。ふだんの小手ではなく、面にまで届くくらいの跳躍で朝比奈の小手を打った。

打った、つもりだった。

だがまたしても、ぼくの竹刀は空を切る。今度は余された。

──小手も、か。

呆然とした。

朝比奈は、竹刀の射程の外側で、相変わらず木の葉のように揺れている。

「ラスト一分」

サブマネージャーの声。単発でダメなら連打だ。

改めて気合いを入れ直す。

朝比奈の身体は陽炎(かげろう)のように揺れる。これじゃあ真夏の蜃気楼(しんきろう)だ。

ぼくは、チャージした気合いを、一気に解き放つ。

「小手・小手・面」

三連打は、空を切った。

「ラスト三十」

急速充電。

場の状況を医鷲旗決勝戦、イチコロで負けているラスト十秒に設定。

ぼくの気合いが道場を威圧する。

いつの間にか、回りの連中は打ち合いを止め、ぼくと朝比奈の立ち会いを遠巻きに眺めている。

小さく舌打ちをしたぼくは、自分の身体を、巨大な石弓のように解き放つ。

「小手・小手・面・面・小手・面・めーん」

最後の面の末尾が、ようやく朝比奈を捉え、かちりと乾いた音がした。

朝比奈の竹刀がぼくの竹刀を受け止めた、と思った瞬間、ぱあん、と右胴が斬り落とされる。

同時にサブマネージャーの吹くホイッスルの音が鳴り響いた。

地稽古の三分間は終了した。

ぼくは呆然と立ちすくむ。

朝比奈は正座し、面を外すと深々と頭を下げる。

「すみません、主将の竹刀捌きがあまりに鋭くて、つい打ち返してしまいました」

ぼくは竹刀をだらりと下げ、言葉を絞り出す。

「何で、もっと早く打ち返してこなかったんだ？」

朝比奈ひかりは、にっこり笑って答える。

「一本も取られなければそれでいい、という約束でしたので」

流れ落ちる汗をぬぐうのも忘れ、ぼくは呆然と、三つ編みの朝比奈ひかりを見つめ続けた。

# 第七章　獅胆鷹目（したんようもく）

## 桜宮・東城大　夏

隣の卓の洗牌（シーパイ）の音を聞きながら、速水は七萬（チーワン）を切った。

「あ、ちょっと待て、速水、それ、チーだ」

下家（シモチャ）の島津が速水の捨牌を指さす。ポンチーすぐ鳴くヤツめ。

にらみつける速水を気にもかけずに島津は言う。

「貴重なペン七萬を鳴かせてくれたご褒美に、耳寄りな情報をお知らせしよう」

島津の河（ホー）を見る。どう見てもチャンタ。八筒（パーピン）を抱えて死ぬか。タンピンで二千点、ラス前だし無理をする手じゃない。それにしてもガタイは重量級のくせに、モスキート級の手作りは何だ。速水は苛立ちを抑えて島津に言う。

「何だよ、耳寄り情報って？」

「今年から外科系のベッドサイド・ラーニングの開始時期が前倒しになって、第一弾として我らがF班は夏休み開始早々、総合外科に行くことになりました」

「え？　夏休みにも実習があるのか？」

上家で黙々と打牌していた田口がぼそりと言う。田口という男は麻雀狂いでサボリ魔という属性が一致して、一年の頃から雀荘『すずめ』に入り浸っている。

それ以外の時間は、速水は剣道を、田口は隙間スペースを見つけては、そこで古本を読み漁っている。速水は田口をぐうたらだと思っているし、田口は速水を自分より頭を使わないヤツだと思っていることは間違いない。

ただし優等生の島津に言わせれば、これは「目くそ鼻くそ」というらしい。

「迷惑なんですよ。先輩たちの授業態度が悪いと、もろに僕たち後輩への締めつけが厳しくなるんですから」

四人目のメンツは彦根新吾。二学年下の後輩。合気道部でうろついていたのを『すずめ』に強制連行して以来、一緒に打つようになった。でしゃばりではないが先輩相手でも平然とでかい手をあがる。底が見えない得体の知れなさがある。

「速水に田口、あんまり後輩に負の遺産を残すなよ」

島津の言葉に、ふたりは顔を見合わせる。適切なコメントゆえに言葉が出ない。

「あ、それロン」

島津が言う。五筒だぞ、それ。チャンタじゃないのかよ。島津が倒した手牌には、赤い「中」という文字が三枚並ぶ。

「ちゅんちゅんちゅんのちゅん、紅中のみ、千点」

「う、せこ」

速水は赤い点棒をちゃらっと投げる。「ラス前にノミ手かよ」

島津は笑う。「いいんだよ。これで二千を田口から直撃すれば逆転だ」

「マジかよ」

田口が点棒箱を覗きこみ、呟く。「あ、ホントだ」

「ところで病院実習のスケジュールはどうなってるんだ？」

「来週頭から一週間。でもって最終日にレポート提出だ」

「げ、夏合宿とモロかぶるじゃないか」

速水の言葉に、島津もうなずく。

「仕方ないだろ、速水。医学生として病院実習はサボるわけにはいかないぞ」

雀荘『すずめ』は、先輩たちが代々根城にしていた。速水たちはその脈々とした流れを継承している。

一年生でここに入り浸り始めた頃、先輩たちが教えてくれたことがある。

――お前たち、授業はサボってもいいが、病院実習は絶対にサボるな。

なぜですか、と尋ねた速水に、『すずめ』の先輩は厳かに答えた。

――俺も先輩に同じように尋ねたよ。先輩は、病院実習すればわかる、と言った。そして先輩の言葉の意味はすぐわかった。だからお前の質問には先輩の答えをそのまま伝える。病院実習は絶対にサボるな。理由は始めればわかる。

だから、速水も田口も、病院実習をサボるつもりはなかった。

それにしても夏合宿とバッティングするとは不運だ。医鷲旗獲得に、暗雲が垂れこめてきた。速水は注意力を欠いた打牌を繰り返した。

島津の声が響いた。

「ロン。三色のみ、二六〇〇(ニンロク)直撃で逆転だな」

直撃を喰らった田口は一瞬、自分の手を見て、じゃらっと牌山に突っ伏した。

◇

東城大学医学部剣道部では、夏休みに入ると医鷲旗大会に向けた合宿が行なわれる。

夏合宿は別名、暑中稽古と呼ばれる。東城大では特に体力を消耗する掛かり稽古を主体に練習を組む。日本古来の武道の剣道には夏には暑い暑中稽古、冬は凍える寒稽古というように、快楽原則に逆らう天の邪鬼(あまじゃく)なところがある。

だから剣道部に偏屈な人間が集まってくる、というわけでもないだろうが。

「今年からベッドサイド・ラーニングが前倒しされて、夏合宿とぶつかるんです」

夏合宿前の最後の稽古を終えてへばっている部員の前で、速水が報告すると、ひとり涼しい顔の最上級生の前園は、汗を拭きながら答える。

「そうか。まあがんばれよ」

「大会のために、少しサボろうかな、と思って」

「いや、病院実習は授業とは違う。必ず出ろ」

病院実習は絶対にサボるな、と言った雀荘の先輩たちと同じ口調だった。

「わかりました。同じことを『すずめ』で先輩からも言われてたんで、サボるつもりはなかったんですけど。でも病院実習をサボるな、という理由は何ですか?」

「お前はいつか医者になるからだ」

「国家試験に受かることと関係あるんですか?」

「そんな表面的なことではない。授業はサボっても、自分で勉強すれば追いつける。だが病院実習は違う。あれは授業じゃない、実際の医療なんだ」

不可解だ、という表情丸出しの速水は、他の先輩からさんざん聞かされたのと同じセリフを前園からも聞かされた。

「行けばわかる。だから、サボるな」

病院実習、別名ベッドサイド・ラーニングはスモールグループ・ラーニングとも呼ばれる。三、四人がグループになり、臨床病棟のいくつかの科を一週間単位で回り患者を診る。どの順番で回るかはグループによって変わるし、教員から見れば毎週、違う学生の面倒を見ることになる。F班は速水、島津、田口なので、メンツだけ見れば『すずめ』で卓を囲んでいるのと変わらない。

「しょっぱなは、どの科だ？」と前園が尋ねる。

「それが何と、総合外科なんです」

「そりゃいい。帝華大の阿修羅の、外科医の実力を間近で見られるじゃないか」

「それが残念ながらダメなんです。その週は高階先生は夏休みでして。担当は、世良(せら)先生という一年目の先生です」

「サッカー部の世良さんか。六年生で秋期大会に出場し、決勝ゴールを決めた伝説の持ち主で、運動部では有名人だぞ。俺はその伝説の後継者になりたいんだ」

前園は、遠い目をする。つまり今年も大将をやりたい、というわけか。そんな前園に、速水は頼もしさと同時に鬱陶しさを感じた。

赤煉瓦棟は大正時代に建てられたせいか、冷房が利きにくい。

だがゴチック様の石造りの建物の内部は夏場はひんやりし、冬場はほのかに暖かい。三階の総合外科学教室の控え室に、速水たち三人は白衣姿で佇んでいた。

三人の目は虚ろだった。

真夏に体力を消耗する掛かり稽古を主体に練習を組むのが東城大の伝統だが、そこに初めての病棟実習が重なり、速水は合宿二日目にして早くもグロッキー気味だった。柔道部で優等生の島津も、さすがに夏合宿の最中は疲労感が強い。部活動をしていない分、元気なはずの田口は血を見るのが苦手で、ふだんから青白い顔が一層なま白く見えた。こうして速水たちF班には、実習二日目にして早くも、元気溌剌とした人間がいなくなってしまったわけだ。

ベッドサイド・ラーニング二日目。昨日は手術室での手洗い実習。そして今日は、生まれて初めて受け持ち患者を持たされることになっていた。

指導は外科医一年生の世良医師。ベッドの上で正座している年寄りの患者に、病状を説明している。サッカー部のスターも、今はその華やかな過去を白衣の下に隠し、ぎこちなく患者に向かい合っている。

世良医師はひととおりの説明を終えた後、速水たちを振り返る。

「小山さんの主訴はエピガストラルジア（上腹部痛）、ナウゼア（嘔気）、ヴォミッティング（嘔吐）。さて君たちならどういう疾患を疑いますか？」

新米のせいか、学生に対しても丁寧な言葉遣いだ。サボリ魔の速水には何を言っているのかちんぷんかんぷんだったが、島津がすかさず答える。

「マーゲン・クレブス（胃癌）をサスペクトし（疑い）、ゲシュール（潰瘍）をルール・アウト（除外診断）します」

世良医師は驚いた表情になるが、すぐにうなずく。それから患者に向かう。

「小山さん、横になって膝を立て、お腹をラクにして下さい」

正座していたおじいさんは言われるままベッドに横たわる。

世良医師は患者の腹部に手を当てる。熱心に触診した後、言う。

「君たちも触らせていただきなさい」

小山さんの不安そうな表情を尻目に、速水たち三人は代わる代わる腹部に触れる。世良医師が尋ねる。

「わかりましたか？」

速水と田口はあいまいにうなずくが島津は、きっぱりとうなずいて答える。

「エピガスト（上腹部）にトゥモール（腫瘤）がパルパブル（触知可能）です」

「よく勉強してるね、君は」と世良医師が島津に言った。

速水は世良医師が白衣のボタンで糸結びの練習をしているのを、見つめた。

頭の中で指の動きをシミュレーションする。これくらいならやれそうだ。

世良医師は、どこかへ姿を消したが、しばらくして戻ってきた。

「今日はこの後、担当医の渡海先生のムンテラを見学したら解散です。明日は朝一番で小山さんの手術に入ってもらいます」

速水は小声で島津に尋ねる。「ムンテラって何だよ」

「内科診断学の冒頭の授業でやっただろ。患者さんに対する説明だよ」

島津は呆れ顔で答える。隣で田口が、そうだ、と言わんばかりにうなずく。

調子に乗るなよ、お前だって知らなかったくせに、と速水は田口をにらんだ。

書類を抱えてやってきた背の高い医師は、学生たちを見て、にっと笑う。

「いいのかい、世良ちゃん、こんないたいけな学生に俺のムンテラを見せたりして。グレちゃっても知らないぞ」

世良医師はうなずいた。「ええ、渡海先生、これが医療の現実ですから」

渡海医師はふん、と鼻で笑った。

渡海医師のムンテラは、手術のリスクから予後に至るまで精緻を極めていた。

ただ、端で聞いているとその説明は、患者に対する配慮が薄いように思われた。

だがこれから手術するのだから、厳しい内容でも当然だとも納得する。

カンファレンス・ルームに戻ると、田口がぼそぼそと抗議し始めた。

「先生のムンテラは患者の気持ちを無視しすぎています」

「告知して事実を伝えるのは妥当だと思う」と速水はすかさず言う。

「もう少し気遣わないとダメじゃないか？」と珍しく田口が言い返す。

「告知は、ステージングとか転移の有無による五年生存率が施設によって違ったりするところまで呈示しないと正確な情報が患者に伝わらない。だから俺は田口に賛成だな」

乱入した島津の発言に、渡海医師は眼を細める。

「今年の学生は優秀だな。では俺も本音を話そう」

渡海医師は腕を組む。しばし沈黙。それから眼を見開く。その視線の強さは、高階顧問が勝負で牙を剝いた瞬間を思い出させた。声の調子ががらりと変わる。

「今のが褒め言葉だと思ったら大間違いだ。お前たちの優秀さは現場ではクソの役にも立たない。優秀である前に、ちっとは役に立つ男になれ」

渡海医師は冷ややかな視線を田口にぶつける。

「医者は病気を治すプロフェッショナルだ。慰めの飴玉が欲しいなら、カウンセリングにでも行けばいい。ただしそれは外科医の仕事ではない」

田口の震える唇が、かろうじてひとひらの言葉を吐き出す。

「たとえそうであったとしても、僕は患者の気持ちを一番に考えたいです」

渡海は、肩をすくめた。

「好きにすればいい。世の中、そういう物好きな医者も必要だからな」

◇

早朝の道場。朝の掛かり稽古の真っ只中で、速水は昨夜のムンテラの後からずっと、外科医について考え続けていた。刃で人の身体を傷つけて命を救うという、相矛盾した行為。比べれば剣道の世界は何とシンプルなことか。竹の刀で、相手のかりそめの生命を断ち切る。ひたすら迅く、ひたすら強く。

目の前の清川志郎が、速水に噛みついてくる。速水の中でアドレナリンを主食にする獰猛な野獣が目覚める。その瞬間、迷いも戸惑いも吹き飛び、目の前に立ちふさがる巨大な影に向かって、速水はまっすぐに打ちこんでいった。

朝稽古を終えた速水は、意気揚々と手術室に向かった。

◇

さんざんな手術見学だった。胃癌の手術で大切な結紮を任された世良医師が、糸結びに失敗して左胃動脈から血を噴出させ、直撃を受けた田口が卒倒した。

足手まとい扱いされた速水たち学生グループは、手術室の外に追い出された。

灰色の廊下にうずくまり、田口が言う。

「二度と手術室には行くもんか。絶対に全部サボる」

田口はふだんはおとなしいが、いったん決意すると、意志を変えさせることは難しい。速水は言った。

「わかった。じゃあお前は自分の道を行け。外科は俺が引き受けてやる」

渡海医師が紙マスクを引きちぎりながら、鼻歌まじりで手術室から出てきた。

扉の側で立ち止まり、うずくまる田口を見下ろす。

「俺のやり方に反発を感じているようだな」

田口は渡海医師を見上げる。そしてうなずく。渡海医師は続けた。

「獅胆鷹目（したんようもく）、という言葉がある。この言葉の意味わかるか？　これは外科医の心構えを言葉にしたものだ。患者を治療するには獅子の心と鷹の目を持て、ということだ。お前がなりたい医者とは無縁の世界だ」

田口は渡海医師をにらみつける。渡海医師はへらりと笑う。

「いい面構えだ。この言葉には続きがあるんだが、聞きたいか？」

田口は首を振る。

渡海医師は一瞬淋しげな表情になるが、すぐに傲然と頭を上げる。

「この続きにはお前への救いがあるんだが。まあ、いい。お前は正しい。だが正しさも実践できなければ、ただのクズだ。悔しかったら一人前の医者になり、お前なりの医療を打ち立てろ。その時にこの言葉の続きがわかるはずだ」

田口に向けられたその言葉は、速水の心に突き刺さる。

ゆらゆらと姿を消した渡海医師の後ろ姿を、三人は全く違う思いで見送った。

◇

この夏合宿では一年の清川志郎が一番伸びた。ライバル視している兄、帝華大の主将の清川吾郎と、医鷲旗大会で直接対決する可能性があるからだろう。もともとあったスピードに、いっそう磨きがかかった。スピードが資質という点で兄弟は似ていたが、物理的速度は兄貴を凌駕(りょうが)している。東城大では、いまや速水、前園に次ぐナンバー3になっていた。後を追い小技のうまい副主将の小谷、運動神経抜群の二年生河井、徐々に昔の経験を呼び覚ましつつある一年生の長村が続く。主務の鈴木は雑用をこなし他のメンバーの負担を軽減する。

要は、近来まれに見る、バランスの取れたいいチームに仕上がったわけだ。

道場での打ち上げには柔道部の一年も招待する。剣道部と柔道部は隣同士だが、一年同士の会話は弾まなかった。だが酒が回るにつれ、次第に舌が回り始めた。

「柔道部は重量部だから、技なんて関係ないだろ」

ろれつが回らない清川志郎が言う。コイツは酒グセが悪い。隣に座ったずんぐりむっくりの柔道部の新人、木島が言う。

「じょ、冗談じゃないす。柔よく剛を制すって言うす」

「それって、〝柔よく〟じゃなくて、〝重量多く〟の間違いでしょ」

木島はぶんぶん首を振る。「違うす」

「あるいは、〝運よく〟とか」

速水はそのやり取りに苦笑する。スカシ屋の兄貴に、どうしてこんな下劣な弟がいるんだろう。名前の付け方といい、変な家族だ。

「それにしても、なんでメロンをこんなにたくさん飾ってあるんすか？」

神棚に並んだメロンの行列を見て、ふとっちょ木島の食欲中枢のスイッチが入ったようだ。酔っても理性を失わない一年の長村も言う。

「早く食べましょうよ」

そうだそうだ、とせかす清川志郎。

「ちょっと待て、今にイヤになるほど喰わせてやる」

速水が言うと、木島が不思議そうに回りを見回す。

「そういえば柔道部の他の先輩たちはどこへ行ったんすか？」

不安そうな木島が言い終えた瞬間、背後の扉が開き、西瓜(すいか)を手にした島津たち柔道部員が乱入してきた。きょとんとしている一年生めがけ西瓜を叩きつける。

「な、何するんですか」と志郎が悲鳴をあげた。それが合図だった。

「かかれ」という速水の号令で前園、二年の河井、鈴木が棚のメロンを摑み、一年生にぶつける。逃げまどう一年生を西瓜とメロンが次々に襲う。

「なんなんだ、これは」

ろれつの回らない志郎は絶好の標的で、西瓜とメロンの集中砲火を浴びる。頭からでろりと垂れたメロンの固まりをぺろりと舐(な)めた柔道部の一年生木島は要領よく志郎攻撃の仲間入りして、西瓜とメロンを交互に志郎にぶつける。気がつくと長村も志郎攻撃に加わっている。志郎はよほど人徳がないのだろう。

その夜、道場では柔道部と剣道部が入り交じり、西瓜とメロンのぶつけ合いという阿鼻叫喚(あびきょうかん)の闘争が延々と続けられた。

翌朝。でろでろになったTシャツと布団を一まとめにして、一年生が道場を雑巾掛けしていた。志郎は監視している速水たち上級生を、恨めしげに見る。

「大の大人があんな滅茶苦茶して。ランバンのTシャツがぼろぼろですよ」

「毎年恒例の一年生が受ける洗礼だ。これで君たちは、晴れてわが東城大医学部剣道部、そして柔道部の一員として正式に認められたわけだ」と二年生の河井が言う。前園が補足する。

「だが清川にも一理ある。俺もこのありさまをシラフで見ていると空しい。清川、来年からこの行事はやめてもいいぞ。これは二年生に決定権があるんだから」

果汁を吸い、ずくずくになった布団で雑巾掛けをしていた志郎はきっぱり言う。

「いやです。来年、僕たちが一年生にやってからヤメにします」

前園はため息をつきながら苦笑する。

「河井と鈴木も去年、全く同じセリフを言っていたんだ」

雑巾掛けを続行する志郎はなおもぶつぶつ文句を言い続けた。

「こんなんで本当に医鷲旗奪還なんてできるのかよ、まったく」

次第に黒光りし始めている道場の床から顔を上げ、速水は窓の外を見る。

入道雲が天高く盛り上がっている。

週が明ければ、医鷲旗大会が始まる。

# 第八章 セキレイ

東京・帝華大　夏

けもの道を踏みしだくと、夏草の香りが強くなる。肩には竹刀に吊した防具一式、重さは約十キロ。当然ながら、ぼくの足取りは重い。

「先輩、急いで下さいね」

涼しげな声。ぼくの数歩先を軽やかに進むのは朝比奈ひかりの華奢な背中だ。

山道は細く、急峻になっていく。鬱蒼と生い茂る梢の先、見上げた空に山の端の稜線がくっきり嵌めこまれている。その向こうに入道雲が天高く盛り上がる。

——何だって、こんなハメになったんだ?

海と山、どっちが好きかと問われれば、即座に海と答えるぼく。山は登るという行為を強制するが、海ならその胎内に抱かれ海月のように漂っていればいい。

汗を流し山を登るヤカラの気持ちが、ぼくにはどうしても理解できない。

もっとも、苦行みたいな剣道をしているぼくがとやかく言うことではないけど。

剣道はしかつめらしく、〝命捧げます〟って一途じゃないと許さないみたいなところがあって、そこがぼくにはどうにもなじめない。

つい話が脱線してしまう。面倒くさいことを前にした時の、ぼくの悪いクセだ。

そう、ぼくが防具を背負って山道を歩いている理由、それは目前に迫った「医鷺旗大会」のためだ。今のぼくの行動はすべて、速水率いる東城大を打ち破るという一点に集中している。だが本当は、ぼくが速水をやっつけたいだけ。掲げる大目標の医鷺旗奪還にはあんまり興味はない。

それでもはたから見ていると、ぼくはあたかも優勝を目指しがんばっている主将に見えるだろう。そうした誤解は好都合なので、あえて放置しているんだけど。

また脱線した。話を戻そう。ぼくが朝比奈と山道を登っている理由、それは朝比奈を選手登録するために必要な手続きのためだ。

話は半月前にさかのぼる。稽古後の、剣道部執行部での議論を思い出す。

◇

朝比奈の実力を知り、医鷺旗に彼女を選手登録したいと言い出したぼくの提案をめぐって、部内会議は紛糾していた。

「私は反対。そんなの当たり前でしょう」

女責の塚本の言葉は、意外ではない。だけど今は、火に油を注ぐのも面白い。

「何で反対なんだ？」

「ズルだからよ」

「何で朝比奈の選手登録がズルになるんだ？」

「医鷲旗の正式名称は東日本医科学生体育大会よ。参加資格は医学部の在籍者だなんて言うまでもない。朝比奈さんは薬学部。ルール違反だわ」

「でも考えてみろよ。朝比奈が男なら塚本の言うとおりさ。だけど朝比奈は可愛いらしい女子だ。女を出すなら許されるんじゃないか。不利なんだから」

「屁理屈よ。同じ条件で闘うのが学生剣道でしょ」

「じゃあ崇徳館大のタコ坊主、天童はどうなんだ。学卒のアイツは帝華大理学部の時に全日本学生剣道選手権に出場してるんだぜ。あれはズルじゃないのかよ」

「天童さんはフケていたって医学生、ズルじゃないわ」

原理主義者の塚本はにべもない。

「それじゃあ、こういうのはどうかな？　準決勝と決勝戦に限定して出す」

「絶対にバレるわ」

「朝比奈がいれば医鷲旗に手が届く。チャンスなんだ。ぼくは賭けてみたい」

「何で急にそこまでして勝ちたいなんて言い出すのよ。今までの清川君と正反対じゃない」と塚本が呆れ顔で言う。

深呼吸をしたぼくは、小さなウソをひとつついた。

「ぼくは坊主になりたくないんだ」

黙って聞いていた新保先輩が言う。

「俺もズルだと思う。だけど清川の提案に乗ってみてもいいかな、と思う。清川の言うことにも一理ある。女子を入れるのは逆ハンデだから、問題にならないんじゃないか」

マネージャーで同期の坂部が、昨年のパンフレットを開いて言う。

「規約上の問題はなさそうだ。参加資格は医学部剣道部部員、とある。医学生限定とは明記されてはいない」

「規約に書いてなくても医学生しか参加できないのは当然よ」

「だからといって明白なルール違反でもないんだよね」とぼく。

塚本は、自分の正論が追いつめられていくのが納得できない、という表情をありありと浮かべて黙りこむ。

その時、下座で話を聞いていた騒動の張本人、朝比奈ひかりが言った。

「あのう、お話を伺っていると、先輩方はあたしが試合に出る、出ないを決めてるみたいですけど、あたしにも事情があるんです」

塚本女責は援軍の出現に、ほっとして言う。

「ほらね、イヤがる人間を無理矢理出場させてはダメよ」

「あの、あたし、別に試合に出るのがイヤだとは言ってません」

助け船を出したつもりがあっさり裏切られ、塚本女責は再び黙りこむ。

どうも今日は星廻りが悪い、と思っていそうだ。朝比奈は続ける。

「あたしは、外で剣道をしてはいけないという祖父の教えのせいでマネージャーを志願したんです。だから祖父の許しがあれば、出てもいいです」

「そんなことか。だったら主将のぼくが朝比奈のおジイさんを説得しに伺うよ」

「ありがとうございます。大学で剣道をやれるなんて思ってもいなかったんで、うれしいです」

ぼくは、朝比奈の笑顔に、不覚にも胸がときめいてしまった。


……という経緯を経て、ぼくは朝比奈とふたり、仲良さげにピクニックをしているわけだ。行く手に渓流が現れた。黒い翅の川トンボがせせらぎを遡上する。

遠くから見ると細いが、近寄ってみると川幅は広い。大股で二十歩くらいか。

朝比奈は上流に架かっている赤い太鼓橋を指さす。

「少し遠いですけど、主将はあの橋を渡ってくれればいいわ」

「朝比奈はどうする？」

朝比奈は川面に足を踏み入れ、水面を滑るように走り抜けていく。小さな岩が顔を出していて、飛び石伝いに、あっという間に向こう岸まで渡ってしまう。

上流の赤い橋のたもとを眺めるが橋を渡る気にはなれない。ぼくはおそるおそる朝比奈の後ろ姿を追って、同じように飛び石を伝っていく。

対岸の朝比奈は目を瞠(みは)り、ぼくの渡河を見つめていた。防具を背負っているにしては我ながら快調に進む。だがあと一歩、最後の石で足が滑った。落ちる、思った瞬間、差し伸べられた白い手がぼくの腕を掴む。さして力は入れていないようなのに、ぼくの身体は軽々と引き寄せられた。

朝比奈の笑顔が視野いっぱいに広がった。

「主将って、無茶ね。防具を持ったまま川を渡るなんて信じられない」

ぼくは視線をそらし、濡れずに済んだ礼を言う。すると朝比奈は、掴んだぼくの腕をぱっと放して答える。

「やっぱり助けなければよかったかな。気取り屋の主将なんて、ずぶぬれの濡れネズミになっちゃえばよかったんだわ」

「何でそんなことを言うんだ？」

真顔になった朝比奈は、冷ややかに言う。

「あたし、全力を尽くさない人って大嫌いなんです」

ぼくは思わず黙りこむ。朝比奈は明るい口調で、背後を指さして言った。

「ほら、見て。セキレイです」

白い身体に黒く長い尾を小刻みに揺らしながら、小鳥が水辺をちちち、と渡っていく。見上げると、空にはほのかにおぼろ雲をまとった白熱の太陽がどろりと光っている。

川を渡ると空気が変わった。ひんやりと冷たく、鍾乳洞（しょうにゅうどう）のようだ。

「朝比奈って、毎日ここから通っているの？」

「まさか。片道三時間ですよ？　当然下宿、初めてのひとり暮らし、です」

鬱然とした森を細い道が蛇行している。砂利を踏みしめながら進むと、広々と景色が開け、古い仏殿がふたつ並んでいた。

「朝比奈の家って、お寺だったのか」

「右がお寺と住居。薬殿院（くすどのいん）といいます。左は剣道場です」

「お寺なのに剣道場があるのか。何でまたそんな……」

「機嫌がよければ、理由はおジイが教えてくれます」

ぼくは道着に着替えさせられ、板敷きの道場に正座していた。

「おジイは礼儀作法に厳しいから、正座して待ってて下さい」

「ぼくは朝比奈に試合に出てもらいたいと頼みにきただけで、稽古をしにきたつもりはないんだけど」

「それはおジイ次第。あたしを試合に出したいなら言ったとおりにして下さい」

ぼくは諦めてうなずく。朝比奈が姿を消してから、おそるおそる周囲を見回す。

不思議な道場だ。試合場のコートを示す線はなく、道場中央に小さな円、その外側には、試合場と同じくらいの大きな円が描かれている。小円の中心に座ったぼくは、いつしか自分が波紋の中心点に過ぎないような気持ちになっていた。

静かだ。雑念の多いぼくは、黙想はたいてい妄想になるのだけれど、この道場はそうした雑念を振り払う魔除けの力が強そうだ。ぼくは無念無想で座り続けた。

背中でひやりと空気が動く。眼を開けると小柄な老人が立っていた。道着姿で、竹刀を二本携えている。おジイだ、と直感した。しわがれた声が響く。

「ほう、まんざらボンクラというわけでもなさそうだな」

おジイは、うっすら笑う。ぼくはにらみ返す。

「ふふ。気の強さもそこそこ。ひかりと勝負してかすりもしなかったくせに、の」

いきなり触れられたくない過去の秘密を暴かれ動揺する。だが、それくらいのことは伝わっていて当たり前だろう、と気を取り直す。おジイは続ける。

「その程度の腕で、ひかりを引っぱり出そうなんて、思い上がるにもほどがある。稽古で、その性根を徹底的に叩き直してやろうか」

うげ。やっぱりそうなるよね。でもどうしてぼくが、こんな山奥までやってきて大嫌いな稽古をする羽目になってしまうのか。ぼくは自分の運命を恨んだ。

だが追いつめられれば、横着者だって牙を剝く。逃げ道がないならば目の前の壁を打ち破る。ぼくにしては珍しく前向きに、そう思った。

防具を着けようとしたぼくに、おジイは言った。

「必要ない。お前は打ちこんでくればいい」

両手に持った二本の竹刀を床に置いた。

「好きな方を選べ。儂（わし）から一本取れば、ひかりの試合出場を認めてやろう」

がっかりした。おジイはどう見ても朝比奈より手練れだ。朝比奈にかすりもしないぼくが、おジイから一本取れるとはとても思えない。

ぼくがそう言うと、おジイはにいっと笑う。

「諦めがいいヤツめ。そんなことではてっぺんは取れんぞ」

——別にてっぺんなんて取りたくないんだけど。

「ひかりから一本も取れないんだから、儂から一本なんて絶対取れない、と判断したお前は正しい。正確な自己認識に免じて、ハンデをやろう。儂がお前が黙想していた小円から一歩でも外に出ればお前の勝ち。それならどうだ？」

「その話、乗った」と言ったぼくは、俄然やる気になった。

おジイは、小柄だし相当な年だ。力任せに中央の小円から押し出すなんてお茶の子さいさい。立ち上がり竹刀を摑むと右の竹刀はずしりと重く、左の竹刀は羽毛のように軽い。何だろう。この極端さ。一瞬驚くがためらわず軽い方を手に取る。おジイは残った重い竹刀を携え、中央の円の中に佇む。

「いくらやっても構わないが、制限時間五分でどうだ？」

ぼくがうなずくと、おジイは振り返り、言う。

「ひかり、時間を頼む」

いつの間にか、道場の片隅に立っていた朝比奈が、おジイの言葉にうなずく。

ぼくを見て、唇が動く。

——がんばって。

読み違いかな？　ぼくは疑心暗鬼に囚われながら、竹刀を構えた。

おジイは小円の中に佇んでいる。ぼくは羽のように軽い竹刀を手にして戸惑う。

おジイが手にした竹刀は素振り用竹刀より重い。どう考えても釣り合わない。

打ちこもうとした矢先、おジイは片手を上げた。

「ちょっと待て。儂も年だから、相撲みたいな押し出しはナシにしてくれないか？」

出鼻をくじかれたぼくはしぶしぶうなずく。やっぱりラクには勝てないようだ。

でも、当然か。竹刀の重さだけでも十分ハンデなのに、おジイには、小円から一歩出れば負けという特別ルールまで課せられている。相手が動かないのなら、打ち据えるのは容易い。こうなったら堂々と一本をむしり取ってやる。

先日、朝比奈にはひらひらと蝶々のように打突をかわされた。おジイは同じ流儀だろうから、足さえ止めれば手強さは減じるはず。足元から小円が消えた。

何ものにも囚われないかのように、おジイは佇んでいる。

ぼくは唾を飲む。次の瞬間、気合いを出して一直線に打ちこんだ。

竹刀は空を切った。おジイの身体をすり抜け、反対側に走り抜ける。

振り返る。おジイは飄然と佇んだままだ。

――ズルしただろ？

ぼくはおジイの足元に視線を投げかける。

――いや、動いていない。

今度は剣先をおジイの喉元につける。おジイの重い竹刀が中段の位で、ぼくの軽い竹刀を圧迫する。その気合いに追い出され、ぼくは小手を打ちに行く。

竹刀は床を打つ。朝比奈と対した時と同じ。おジイの場合は、身体が動いたことすら覚知できない。ぼくが繰り出す打突はことごとくかわされ、最後には、軽い竹刀を支えるだけで精一杯なほど疲弊していた。

「ラスト三十秒」

朝比奈の声が、仄暗い道場に響く。これでは医鷲旗奪還なんてとても無理だ。諦めかけたその時、ちらりと朝比奈の顔が見えた。冷ややかな言葉が甦る。

――全力を尽くさない人って大嫌いなんです。

ここでおジイの身体にかすりもしなかったら、これからずっとぼくは朝比奈の侮蔑の視線を感じながら稽古し続けることになる。

そしてぼくはアイツと同じ地平に二度と立てないだろう。冗談じゃない。

――ぶっ殺してやる。

頭から鮮血をかぶった感覚。目の奥が熱く燃える。殺気が竹刀に伝わり、ぼくの手の内で白刃に変わる。眼の中で、おジイの小手がずばりと斬り落とされる。

その瞬間、おジイの身体がふわりと跳躍した。そしてぼくの面をずしりと打ち据えた。打突され、後ろにのけぞりながら、ぼくはおジイの剣の軌跡が天井まで切り裂くのを見た。

――ひでえ。打ちこまないと言ったくせに……。

次の瞬間、ぼくの意識はブラック・アウトした。

濡れた手ぬぐいが額に当てられている。

うっすらと眼を開くと、覗きこむ朝比奈の眼と合った。

指を組んで眼の上に置き、その視線をシャットアウトする。

「カッコ悪いところ、見られちゃったな」

組んだ指のすき間から見える朝比奈は、首をかすかに振る。

「おジイが、勝負に負けたから、約束通りあたしは試合に出ていいって」

身体を起こす。手ぬぐいが床に落ちるのも構わず、大声をあげる。

「バカな。打ち据えた相手の意識を飛ばしておいて、負けただなんて、そんな話あるか」

朝比奈は静かに答える。

「おジイは円から出てしまったの。ルールだから負けは負けだって」

「ぼくをバカにしてるのか？」

朝比奈は首を振る。

「おジイは時間いっぱいまで、先輩の打突をかわし続けるつもりだった。でも最後の一打で打ち据えられてしまうと感じた。だから機先を制して打って出た。気迫負けで打たされた面だから、おジイの負けなんだって」

思いきり見下されている気がする。まあ、見下されて当然なんだけど。

だけど、つきつめて考えないのがぼくのいいところだ。

「つまり、朝比奈の試合出場をおジイは許可してくれたんだな？」

うなずく朝比奈。ぼくは立ち上がる。

「よくわかんないけど、とにかく目的は達成できたわけか。ま、いいか。これで医鷲旗を戦える」

「ふつつかものですが、よろしくご指導お願いします」

朝比奈は両手を床につき、深々と礼をした。一礼した朝比奈は顔を上げると、ぼくをまっすぐ見つめた。

「おジイからの伝言です。困った時にはいつでも稽古をつけてやる、だそうです」

ばかばかしい。

誰があんな化け物ともう一度手合わせしたいと思うんだ？

薄暗い道場に夕陽が差しこんでいた。赤光（しゃっこう）が朝比奈の頬を染め上げていた。

# 第九章　サブマリン

## 第三十七回医鷲旗大会　夏

真夏の太陽がぎらりと空に輝いている。東北、仙台、杜(もり)の都。

仙台市民センター体育館には、肩から防具袋を下げた剣士たちが、三々五々、集合していた。いち早く着替えを終えたチームの中には、芝生の上で輪になって、準備体操を始めているところもある。

速水が率いる東城大学医学部剣道部の一行は、遅れ気味に会場入りをした。

体育館内部には、小さな円陣があちこちにできていて、準備体操をしているチーム、素振りをしているチーム、面を着けて切り返しをしているチームなどが入り混じり混沌としている。その外枠からマネージャーとおぼしきジャージ姿の女性たちが見守っている。

河井が前を歩く清川志郎の頭をはたく。

「見ろ、場所がなくなっちゃったじゃないか。お前が寝坊しなければ間に合ったのによ。起床係だろ、お前は」

「すみません。いつものクセでつい目覚ましを瞬殺で止めてしまって」

清川志郎は頭を下げる。主務の鈴木も珍しく強い語調で言う。

「俺たちは来年の主管校だから、大会運営の様子を見ておきたかったのに」

速水が言う。

「まあ、済んだことは仕方がない。試合で失敗を取り返してもらうからな」

「その点なら大丈夫です。今日の僕は絶好調ですから」

「ずいぶん威勢がいいんだな、志郎」

一行の背後から声が掛けられ、耳慣れない声に全員が振り返る。

道着姿の帝華大主将、清川吾郎はにっと笑い、速水に話しかける。

「久しぶり。去年の借りはきっちり返すからな」

寡黙な速水に代わって、清川志郎は兄を敵意剝き出しの視線でにらみつける。

「でかい口きくな。速水先輩が怖くて、高階顧問に稽古をつけないでと泣きついたくせに」

志郎の言葉に吾郎は、一瞬驚いた表情になる。それから悪びれずに、言う。

「何だ、バレちゃったか。でも仕方ないだろ。帝華大の阿修羅の極楽稽古をつけられたら、速水君はぼくの手の届かない世界に行ってしまうからね。でも残念、やっぱり高階先生は稽古つけちゃったのか」

吾郎が「やれやれ」とため息をつくと、志郎は兄に言い返す。

「高階のクソ顧問は、約束をきっちり守ったよ。三ヵ月、全然稽古をつけてもらえなかった。だからそれを、負けた時に言いわけするなよ」

吾郎は、弟の言葉に目を見開く。

「本当にバカだな、お前たち。ぼくだったら土下座してでも、そんな約束は反故にして稽古をつけて下さいって頼むけどな」

自分で頼んでおきながら、しゃあしゃあと言い放つ清川吾郎の口元を、東城大の面々は呆れ顔で見つめる。速水は反論しようとしたが、まさか、力ずくで叩きのめされて頼めなかったなどとは、口が裂けても言えない。

悔しまぎれに弟は、兄に捨て台詞を吐いた。

「あんなタヌキ親父に稽古をつけてもらわなくたって、お前なんか速水先輩の足元にも及ばないさ」

「おやおや、ずいぶん心酔してるんだな、志郎。速水先輩はそんなに強いかね」

いたずらっ子のような目で吾郎は自分の弟を見る。志郎はなおも吠える。

「準決勝で待ってろよ。そこでイヤというほど実力差を見せつけてやる」

「自信たっぷりだけど、足をすくわれるなよ。お前は肝心なところでコケるクセがあるからな」

「うるさい」と言ったその時、志郎の肩を後ろから摑んだ男がいた。

「ねえ君、まるで東城大学が準決勝に勝ち残るのが当たり前みたいな言い方してるけど、一体どこからそんな根拠のない自信が湧いてくるのかなあ」

志郎が振り返るとすらりとした青年が立っていた。中肉中背で手足が長くスマートだ。長い髪を後ろで束ね、はらりと垂れた前髪が左目を覆っている。

志郎が視線で誰ですか？と速水に尋ねる。速水の代わりに吾郎が答える。

「そいつは極北大の水沢だよ。去年の医鷲旗の覇者さ」

「そういうこと。君たち東城大が準決勝で帝華大と対決するには、準々決勝で僕たち極北大を破らないとね」

うっすら笑った水沢は、さらに続けた。

「戦後三十六回の医鷲旗の歴史の中で、連覇したチームはまだない。今年の極北大は青史に名を刻むのさ」

強気の言葉に志郎は黙りこむ。

突然、会場がどよめいた。その方向を見ると、黒い道着で統一した一団が会場に入場してきたところだった。全員が坊主刈りだ。

水沢が、ち、と舌打ちをする。

「相変わらずデカい連中だな。態度も、ガタイも」

周囲の人間がおのずと道を開き、無人の野を行くが如く、黒い道着の集団は会場の真ん中で、円陣を組む。

「疾風怒濤、崇徳館大剣道部」

野太い声が会場に響きわたる。会場が静寂に包まれた次の瞬間、全員が竹刀を持ち、怒号のような掛け声と共に、一斉に素振りを始める。

吾郎は、弟の志郎の肩を抱いて言う。

「志郎、あれが優勝候補のド本命、崇徳館大剣道部さ。今回の主管校で、地の利もある。号令を掛けているタコ坊主が全日本の出場経験を持つ、学卒の天童だ」

ちらりと視線を投げた弟を見ず、兄の吾郎はまっすぐ速水を見つめた。

「じゃあ、準決勝で会おう。どっちにしろ優勝するためには、ぼくかお前か、どちらかがあのタコ坊主を退治しなくちゃならないってことだ」

「だからさっきから、極北大を無視するなって言ってるだろう」

水沢の言葉を背中で受け流し、吾郎はひらひらと手を振りながら立ち去る。

「せいぜいキバれよ、志郎」

「お前に言われるまでもないさ」

志郎の言葉は、兄の背中には届かなかった。速水は志郎に言う。

「さあ、急いで着替えるぞ。ぐずぐずしてると開会式が始まってしまう」

退屈な開会の挨拶を生あくびでやりすごしながら、帝華大学剣道部主将・清川吾郎は整列したチームの先頭をちらりと眺める。

朝比奈ひかりの真っ白な道着が目に鮮やかだ。吾郎は唇の端を歪めて笑う。

――もう少ししたらここにいる連中は、ひっくり返るぞ。

「選手宣誓をお願いします。参加三十二校を代表して宣誓は主管校、崇徳館大学医学部剣道部の天童隆主将です」

天童がのそりと前に進み出る。黒い山のようだ。ぐい、と右手を掲げる。

「宣誓。われわれ選手一同は剣道精神に則り、正々堂々と戦い抜くことを誓います。選手代表、崇徳館大学医学部剣道部主将、天童隆」

力強い声が会場に響くと、マイクの声が高らかに告げる。

「それでは直ちに第一試合に入ります。各校、試合場に集合して下さい」

第一会場。マネージャー役の鈴木が、清川志郎の背に赤いタスキをつけながら、言い聞かせる。

「医鷲旗争奪戦は参加三十二校、頂点までは五試合勝ち抜けばいいだけだ。大丈夫、今のお前ならこの会場で五本の指に入るさ」

「鈴木先輩、ひょっとしてその五本の中にはアイツも入れてます？」

志郎が面金の奥から、隣の会場の大将席に鎮座している兄・吾郎の姿を、横目で見ながら言う。鈴木は「想像に任せるよ」と言って笑う。

「では大学剣道デビュー戦、先鋒・清川志郎、まず一勝を上げてきます」

志郎が速水をちらりと見て宣言すると、速水は鷹揚にうなずいた。

一回戦、対富士野大学は、四―〇で圧勝した。志郎が秒殺し、チームを波に乗せた。続く次鋒の河井は引き分けに終わるが、中堅の前園が二本勝ち、副将の小谷は時間ぎりぎりで引き面を決め、一本勝ちを拾った。

大将戦の結果を待つまでもなく東城大学は二回戦進出を決めた。安堵した空気の中、大将戦では速水の気合いが試合場に炸裂し、あっさり二本勝ちした。隣の会場では帝華大学、極北大学、崇徳館大学など本命が順当に勝ち進んでいく。

二回戦も波乱はなく、本命チームが着実に勝ち残った。

そして準々決勝で大会屈指の好カード、昨年の覇者、極北大と優勝候補の一角、東城大が激突することになった。

一足先に準決勝進出を決めた帝華大の清川吾郎は、腕組みをして会場の片隅に陣取っていた。そこへ女責の塚本が寄り添う。

「弟クン、がんばっているわね」

「ああ、ちょっとうるさい剣になったな、アイツ」

「ウチも一角を破られそうじゃない？」

「心配いらない。アイツを止めるのは簡単さ」と清川は笑顔で答える。

「そう？　でもひょっとしたら今井先輩でも難しいかもね、あの速攻は」

「大丈夫だよ。手を打つから」

塚本は、振り返り、正座している朝比奈ひかりの白い道着を確認して呟く。

「ウチも調子いいじゃない。このままならあの娘を使わなくても済むかもね」

清川は微かに笑う。

極北大のメンバーが集まる。背後から野太い声がかかる。

「勝ち上がってこいよ、水沢」

業師・水沢が振り返ると、腕組みをした天童が黒い胴を艶やかに光らせ、仁王立ちしていた。胴の表面には蒔絵で銀色の昇龍が描かれている。

水沢は肩をすくめる。

「どいつもこいつもどうして僕を見くびるかなあ。勝ち上がるのは当然だろう。こう見えても僕たちは去年の覇者なんだぜ」

天童は腕組みをしたまま、傲然と言い放つ。

「俺は、去年の借りを確実に返したいだけだ」

メンバー五人が整列する。東城大、極北大、両チーム共メンバー変更はなし。東城大は先鋒・清川志郎、次鋒・河井、中堅・前園、副将・小谷、大将・速水。対する極北大は、不動の大将・水沢を筆頭に、去年の優勝経験メンバーが三枚残っている。極北大が優勝候補の一角であることは間違いない。

先鋒戦。帯刀した志郎が一歩前に進み出る。極北大の先鋒は小柄だった。

「始め」という主審の号令と共に、志郎の剣が相手の剣先に触れる。次の瞬間、その竹刀は相手の面金を捉えていた。赤い旗が三本同時に翻る。

「二本目」

びびった相手は一歩後ずさる。志郎は追撃する。身体を伸ばし、面を打つ。わずかにかする。面、面、小手、と追撃すると相手はたまらず遁走する。

主審が試合を止めた。

「白、場外反則、一回」

追いつめられた極北大の先鋒はしゃにむに打って出た。だが剣先は鈍く、志郎はゆとりを持って捌く。相手の技が尽きたところで鮮やかに引き面を奪う。

赤い旗が三本上がった。東城大の応援席は沸き立った。

だが次鋒の河井は、あっさり二本奪われてしまう。

中堅の前園は貫禄の打突だが、やはり昨年の優勝校の実力者との戦いは決着がつきづらく、時間切れ寸前でようやく小手面を決め、一本勝ちした。

副将・小谷の相手は明らかに格上だったが小谷はしぶとく粘り、相手に決め手を与えず、時間切れ引き分けに終わった。

この引き分けは値千金だった。速水が立ち上がる。ちらりと志郎を見て、それから肩で息をしている小谷の胴を、すれ違いざまに拳で叩く。

大将戦、速水の前に難敵の水沢が立ちはだかる。

本数では東城大が有利で、引き分けでも勝ち。だが速水もラクではない。一本取られて代表戦、二本負けなら負け。つまり速水は負けられないわけだ。

礼。蹲踞。竹刀の先が触れる。

「始め」

主審の声と共に気合いを上げる。虎の咆哮。圧力をものともせず、水沢はゆらりと立ち上がる。ふたりは互いの間合いを測るかのように、近づいたかと思うと離れ、また近づくという衛星の摂動軌跡を床に描く。

開始一分。いまだその軌跡は交わらない。

正座して食い入るように見つめる東城大の先鋒、清川志郎は、隣で腕組みをしている前園に尋ねる。

「何で速水先輩は仕掛けないんですか？」

前園が小声で答える。

「迂闊に仕掛けるとエラい目にあう。水沢は別名、技のデパートと言われるくらい、多彩な打突が持ち味だ。ヤツは公式戦であらゆる決まり技を奪っているはず。一直線の剣を遣う速水とは合口が悪い」

前園の言葉が終わらないうちに、速水が面打ちにいく。水沢は剛剣をあっさり受け止め返し胴。だが速水の踏みこみの方が一瞬速く、体当たりを敢行。水沢の身体がふわりと後方に飛び、狙い澄ました引き小手。速水は剣を摺り上げ払い落とし面に行くが、円弧を描いて舞い戻った水沢の小手打ちが一閃する。

白旗が一本。他の二本は、下で激しく交差される。

「あ、あぶねえ、小手のダブルかよ」

応援席で前園が呟く。ほっとする間もなく水沢の猛攻が始まる。小手と見せて面、受け止めた速水に小さな体当たり、引き面を打つ。追う速水の身体をかわし、水沢は身体を反転させ、左手一本で速水の右面を打ち据える。

再び主審の白旗一本。「まだまだ」「浅い」と副審の声と交差する旗。

「速水先輩相手に片手右面かよ」

呆れたように志郎が呟く。まさに技のデパートだ。

水沢の剣は格別速くはない。速度なら清川兄弟の方が上回る。だが隙とムダがなく、次に何が飛び出してくるかわからないびっくり箱のような攻撃は、次第に速水を試合場の片隅へ追いつめていく。

速水は境界線上ぎりぎりでかろうじて踏みとどまった。水沢も速水を隅に追いつめたが、制空圏内から一歩も出ない。このまま引き分けで勝ち、という計算が一瞬、速水の脳裏をよぎる。その瞬間、するりと間合いを詰めた水沢が面を打突した。その動作はフェイクで面を守ろうとしてがら空きになった速水の手元に、水沢の竹刀の剣先が吸いこまれるように収まった。

白い旗が三本、上がった。

速水は愕然（がくぜん）として、打たれた自分の右腕を見た。大きくため息をつく。

それから応援席で控えている鈴木に視線を投げる。

——あと、どれくらい？

以心伝心、主務の鈴木が声を掛ける。

「ラスト一分」

「——終わったな。代表戦だな」と前園が呟く。

「まだ、です。ここからが勝負」

清川志郎は、怒気を含んだ口調で言う。

速水は剣先で水沢を押さえにかかる。水沢はすっと距離を取り、打ち合わない。ぼやぼやしていたらアイツと対決できなくなる。速水は応援席の対角に陣取る清川吾郎の能面のような顔を認知する。背後に、自分たちの試合ぶりを観察している帝華大の面々が揃う。面金の先に捉えた清川吾郎の表情には失望と侮蔑の色が浮かんでいた。速水の緋色の胴がめらりと燃え上がる。

——そのスカしたツラをめったくたに打ちのめしてやる。

その前に、何としても目の前の難剣、水沢を捉えなくては。

残り時間三十秒。速水は深呼吸をし、会場全体を震わせる気合いを出す。

一瞬びくりと身体を震わせた水沢だったが、すぐに自然体に戻る。

——コケおどしでビクつかせようなんて、ナメられたものだね。

速水を見ると、身体が一回り小さく見えた。折れたか？

水沢は一瞬、打突に出ようか迷う。

——一本勝ちでもＯＫ。代表戦に持ちこんでゆっくり料理するか。

ふう、と息を切り、半歩下がり間合いを外した。

その瞬間。速水の身体が膨張した。剣先が水沢の面に伸びてくる。

──まずい。

水沢はさらに一歩大きく退いた。よし、間合いは切った。

次の瞬間、速水の剣先はさらに伸び、水沢の面を捉えていた。

届くはずのない面。赤い旗が三本上がる。

同時に試合終了を告げるホイッスルが鳴った。

振り返った水沢は、疾風のように駆け抜けていった速水の緋胴を茫然と見送った。

試合メンバー五人が整列し、互いに礼を交わす。

列が崩れると、水沢が一歩、速水に歩み寄る。

「僕は、君には負けてないからね」

「わかってる」

「ウチの連覇の野望を打ち砕いたんだ。優勝してもらわないと困るぜ」

「ああ、全力を尽くすよ」

速水はうなずいた。

ふう、とため息をついて振り返った水沢は、黒胴のタコ坊主、天童の視線に気づき、肩をすくめた。

「十分間の休憩の後、準決勝の二試合を行います。第一会場は帝華大対東城大、第二会場では崇徳館大対常陸大です。係員、審判の先生方は至急大会本部席までお越し下さい」

◇

準決勝に勝ち残った四大学のメンバーは各々のコートで準備体操に勤しんでいた。第一会場、白のタスキの帝華大剣道部主将・清川吾郎は、対面する赤タスキ、東城大剣道部員の視線を一身に浴びて佇んでいた。その背後から声がした。

「まさか、水沢が敗れるとはな」

清川が振り返ると、背中を向けた黒い山のような道着姿が、振り向きもせずぼそぼそと話していた。第二会場の赤タスキ、崇徳館大の天童だ。清川は答える。

「別に水沢さんは負けてないでしょ。負けたのはチームだし」

「医鷲旗では同じことだ」

天童が呟く。清川はへらりと笑う。

「相変わらずの時代錯誤ですね。せめて全員丸坊主だなんていう、時代遅れのファッションを何とかしないと、女の子からは総スカンですよ。ウチの女責にかかったら、あんたらなんか一刀両断ですから」

振り返った天童は、自分の丸めた頭を撫でながら、うなだれる。

「やはりそうなのかな。実は俺もうすうすそんな気はしていたんだ。だが仕方がない。我々の大学は崇徳院を宗主とする宗教大学、日々是修行だからな」

「だからって、全員坊主頭なのはいかがなもんですかね」

「だが仕方がないんだよ、俺たちは坊主なんだから」

清川は肩をすくめる。天童が自分よりも五歳以上年上とは思えない。天童は一度帝華大学理学部を卒業したが、在籍当時は全学の剣道部に所属していた。つまり清川にとっては先輩にあたる。そこでは全日本学生剣道選手権の常連だったなんて信じられない。清川がそう言うと、天童は答える。

「昔の話だ。水沢に、去年のリベンジをしたかったが叶わなかった。その代わり、水沢を破ったあの赤胴野郎をぎたぎたにして鬱憤を晴らしてやるか」

「残念でした。今日のあんたは厄日ですよ。その願いも叶いません。あんたたちに立ちふさがるのは、ぼくたち帝華大ですから」

「それでもかまわない。その方がラクそうだな」

――ナメるなよ。

一瞬、清川の全身を怒気が覆う。

場内放送が流れる。

「間もなく準決勝を開始します。出場校の選手は会場に集合して下さい」

清川は、自分が率いるメンバーに声を掛ける。

「それじゃあ、いこうか」

「おう」と一斉に返事が返る。

それから一呼吸置いて、白い道着姿の朝比奈ひかりに声を掛ける。

「朝比奈、出番だ」

顔を上げた朝比奈の眼がきらりと光る。女責の塚本が息を呑む。

清川は立ち上がった朝比奈に囁きかける。

「厄介な相手の退治を頼む」

それが誰か訊ねもせず、朝比奈ひかりはうなずいた。

第一会場に両チームが整列する。赤が東城大、白は帝華大。

先鋒を筆頭に一列に並ぶ。赤、先鋒の清川志郎が顔を上げ、驚いた表情になる。

東城大のメンバー全員がぽかんと口を開ける。志郎の前に立ったのは、兄・吾郎だった。

「な、何だよ一体」と戸惑った志郎の言葉に、吾郎はにっと笑う。

「お前の相手はこのぼくだ、ということさ」

メンバーは一斉に速水の前の大将の姿を見る。真っ白な道着姿も眩しい、小柄な三つ編みの女性は可憐に見えた。志郎が吐き捨てる。

「捨て大将かよ。汚ねえ。お前のやり方はいっつもそうだ」

「君、私語は慎みたまえ」と審判が注意するが、志郎の悪態は止まらない。

「正々堂々と、速水さんと勝負しろよ」

「勝つためには、無用な危険を冒すことはない。それにお前は間違ってる。彼女は捨て大将じゃなくて、秘密兵器だからな」

「でまかせ、言うな」

「静粛に。それ以上続けたら没収試合にするぞ」

志郎は黙り込む。その瞬間を捉え、主審が号令を掛ける。

「お互い、礼」

頭を上げた志郎は、席に戻る兄の背中をにらみつけた。

志郎は速水に申し訳なさそうに言う。

「速水さん、すみません、卑怯者の兄で」

速水は笑う。

「かまわないさ。一勝をプレゼントしてもらえたと考えればいい。それよりお前が兄貴をぎったぎたにしないと、アイツに笑われるぞ」

「大丈夫です。この三ヵ月、スピードには磨きをかけてきました。もともと速攻なら負けなかったんだ」

「頼もしいな。頼むぞ」

「先鋒、赤、東城大学、清川選手。白、帝華大学、清川選手」

呼び出しの声に会場の視線が集中する。兄弟対決か、とざわめく。

清川志郎はずいと進み出る。面金の奥で、相似形の顔立ちがにやりと笑う。

歪んだ鏡を見せつけられたような不愉快な感情が、志郎の胸元を上ってくる。

蹲踞して剣先を合わせる。触れるだけでも吐き気がする。

「始め」

主審の声と共に、ふたりは立ち上がる。志郎がぐい、と一歩踏みこむ。

かちゃかちゃと竹刀が触れ合う音。弟の志郎の気合いを、兄の吾郎はいなす。

志郎は小さく息を吸いこんだ。いくぞ、卑怯者。

「面、面、小手、小手、面、小手、面、面」

志郎の連打。吾郎は「お、おお?」と小さな感嘆詞を発しながら、怒濤の連打を受け流す。

「面、面、胴、小手」

「ちょっと待てよ」

そう言いながら兄の吾郎は身体を入れ替えた。吾郎の身体をすり抜けた志郎が振り返った時、吾郎の面が飛んできた。志郎はそれを竹刀で受け止めた。

錯覚だった。次の瞬間、受け止めるため上げた右小手を、吾郎の竹刀の剣先がざっくり斬り落とす。

白い旗が三本、あっさり上がった。

主審が一本、と宣言し、試合場中央で試合が再開された。

志郎は萎縮していた。たった一度、剣を合わせただけで格の違いを思い知らされた。打突はとぎれとぎれになり正確さを欠いた。面金の奥で兄・吾郎の視線が自分を包みこむように見つめているのが煩わしい。呪縛を断ち切ろうとすればするほど、志郎の動きから伸びやかさが喪(うしな)われていく。

面金の向こうから吾郎の声がした。

「どうした。こなければこっちからいくぞ。二コロで勝たないと計算が狂うんだ」

吾郎の竹刀が、志郎の竹刀に巻きついてくる。志郎はあわてて三歩下がる。吾郎が志郎の後退を追いかける。

清川吾郎のまっすぐな面を、志郎はかろうじて竹刀で受け、余勢を受け止める。志郎の細い身体が吹っ飛び、正座して試合を応援する選手の列に突っこむ。崩れ落ちそうな志郎の身体を、速水が片腕で受け止める。

「すみません、速水先輩」

「逃げるな。前に出て、しっかり負けてこい」と速水は志郎に言う。

志郎は虚ろな眼で速水を見た。それからうなずき、もう一度小さな声で言う。

「すみません」

速水が弱々しい背中を、試合場へ押し出した。

始め、という声と共に志郎の連打を告げる気合いが会場に響いた。声に試合開始直後の伸びやかさが戻っている。連打が始まった。どこまでも果てしなく続くと思われた志郎の掛け声が、途切れた。

腕組みをし目を閉じていた速水が顔を上げると、上がった白い三本の旗に見向きもせず、蹲踞して弟の志郎を待つ兄・清川吾郎の姿が見えた。

視線は対戦相手の志郎にではなく、真っ直ぐに速水に注がれていた。

次鋒の河井が、この日初めての勝利を飾った。勝ち名乗りを受けて席に戻ると、うなだれている志郎の胴を拳で突いた。叱咤(しった)激励するような仕草を受けて、志郎は顔を上げる。

中堅は、帝華大学の二枚看板の一枚、新保と東城大の大黒柱、前園という前キャプテン同士の一騎打ちとなった。重量級同士の戦いは、会場を震わせた。壮絶な打ち合いは時間まで決着がつかず、引き分けに終わる。

副将は小谷と帝華大学二枚看板のひとり、今井の対決だった。小谷はがんばったが実力差は明らかで、時間が経つにつれて次第に劣勢になった。それでも時間切れ寸前に取られた面の一本負けで終わったのは大健闘だった。

こうして大将の速水の前に一勝二敗、本数差一本、つまり引き分けで負け、一本勝ちで代表戦、二本勝ちで逆転勝利という舞台と、白い道着の刺客、朝比奈ひかりが残された。

捨て大将とは相手の強い大将に最弱の選手を当てる戦法だ。一敗は確実だが、他の試合で勝利を確実にしてチームの勝利を目指す戦略。今の状況は、帝華大の狙いに近かったが最後で失敗した、と観客は考えた。速水が勝てば東城大の勝ちになるという状況は、作戦負けだ。

「ざまみろ。速水さんが二コロで勝てば、お前の目論見(もくろみ)なんて吹っ飛ぶ」

元気を取り戻した清川志郎が、正面の吾郎をにらみつけ吐き捨てる。

呼び出しの声。速水はすらりと竹刀を抜き、中段に構える。

「始め」

主審の声と共に、ふたりは試合場の中心で竹刀を合わせた。

朝比奈の剣先が、セキレイの尾のように、小刻みに上下動した。やがてゆっくりと剣先が沈んでいき、床すれすれまで下がり切った。

「下段だと。どういうつもりだ」と前園が呟く。

下段は地の位だ。長身の速水には与(くみ)し易い。始めから試合を投げているのか。

朝比奈の前にぽっかりと口を開けた空間は、速水の剣先に易々と支配された。

速水は戸惑っていた。打って下さいといわんばかりの間合い。だが捨て大将にしては妙に落ち着き払っている。どうみても捨てゴマとしか思えない華奢な女性。だが速水の本能は微かな危険シグナルを察知していた。視界の中、朝比奈の白い道着が赤く染まっていく。さりげなく間合いを詰める。

木の葉が風に吹かれるように、朝比奈の身体がふわりと下がる。

「一分経過」

主務の鈴木の声に我に返る。まるで時間を喰われてしまったかのような感覚。

速水は気合いを入れ直す。

引き分けで負け。とにかく一本いただいて、それから考えよう。速水は無造作に間合いを詰め、振りかぶった竹刀を面に向けて放つ。

手応えはなかった。速水の竹刀は勢い余って床を叩きそうになり振り返る。

そこに打突前と同じように朝比奈が下段に構えていた。

「さあて、単純剣道バカの速水君に、魔界を堪能してもらおうか」

下座で清川吾郎が呟いた。

おかしい。速水はモードを切り替える。捨て大将とナメるのはヤメにした。とにかく一本。すべてはそれからだ。

速水は気合いを入れ間合いを詰める。喉元に剣先を突きつけ刺し面を打ちこむ。今度は剣先をしっかり追いかけた。朝比奈の面金を捉えたと思った瞬間、相手の身体は沈みこみ小さな弧を描き、速水の剣は華奢な身体をするりと滑り落ちる。

「二分経過。残り二分です」

鈴木の声に焦りの色が混じる。

速水はふと、春合宿の光景を思い出す。打ち据えようとして結局捉えられなかった、道場に迷いこんださくらの花びら。

小手面。小手はかすりもしない。続けて面を打とうとした速水の視野から朝比奈の姿が消えた。

振り返ると、朝比奈の白い道着姿が蜃気楼のようにゆらゆら揺れている。背筋が凍りつく。

もうなりふりかまっていられない。中段に構え、そのまま剣先を突き出した。

「突き」

するすると伸びた剣先が喉笛を捉えたと思った瞬間、朝比奈が首をひねり、速水の剣先は虚空へと伸びていった。そのまま間合いを詰めて体当たりし、鍔競り合いに入った。

「突きはやめてください。危ないから」

耳元で囁かれた速水は、面金の奥を覗きこむ。眼が微かに笑っていた。

「ナメるな」と怒号を上げた速水の緋色の胴が燃え上がる。

ぶわり、と振りかぶると、引き面を打ち据えた。かちっと音がした。朝比奈が竹刀で速水の引き面を受け止めた。この試合で初めて速水の竹刀が朝比奈を捉えた。だが、それまでだった。次の瞬間、朝比奈は間合いを切り右手を上げる。

「審判、タイム願います。手ぬぐいがずれました」

座席に戻ると朝比奈は手早く身支度を整える。面を取り、ちらりと吾郎を振り返る。何か言いたげな朝比奈の肩越しに吾郎は声を掛ける。「どうした」

「主将、あの人に勝っちゃってもいいですか？」

驚いて朝比奈を見ると、朝比奈は淡々と面を着けている。

「どうしたんだ？　約束どおり、引き分けでいい、という舞台を整えたつもりだったんだけど。目立ちたくなかったんじゃないのか？」

「あの人の剣、傲慢なんですもの。ちょっとムカムカしちゃって。それに、打突が鋭くなってきていて、このまま守り切る自信がなくなっちゃったんです」

「好きにしろ。この試合は朝比奈に任せたんだ」

「ありがとうございます」

立ち上がった朝比奈の背中に、思い出したように吾郎が声を掛ける。

「あ、でも、忘れないでくれよ。優勝できなかったらぼくは丸坊主に一歩近づいてしまうんだ。それは勘弁してくれよ」

振り返らなかったが朝比奈が笑っていることは賭けてもいい、と吾郎は思った。

「どういうことですか、これは」

向かいで身支度をしている朝比奈を見下ろしながら、速水は前園に訊ねた。

「わからん。ただの捨て大将でないことだけは確かなようだ」

そんなことは言われなくてもわかっている。

速水は苛立ちを隠さずに質問を重ねる。

「何で俺の打突があの面を捉えられないんです？」

「紙一重でかわされているんだ。少なくとも動体視力はすごい」

「残り何分？」

鈴木がストップウォッチを確かめる。「一分四十秒です」

「少ないな」と速水はぽつりと呟いた。

タイムが解け、再び速水と朝比奈は相対した。

速水が気合いを入れた。緋胴がめらりと燃える。

――一撃で斬り捨てるしかない。

連打はダメだと悟り、間合いをじりじり詰めていく。朝比奈はするすると下がっていく。華奢な身体が試合場の境界線を背負った。これ以上は下がれない。

――追いつめたぞ。

ふつうなら楽々届く距離。だが、速水はさらに半歩進めた。

――突き殺す。

隣の会場で歓声があがった。崇徳館大が順当に決勝進出を決めたようだ。

横目で見ると、大将の天童が鮮やかな残心を示していた。

「残り一分です」と切羽詰まった鈴木の声が響いた。

速水は小さく息を吸った。よし、いこう。

速水の足が前に出ようとした瞬間。下段に構えていた朝比奈の剣先がゆるやかに浮上してきた。その途上で喉元に到達しようとした竹刀を摺り上げ、速水の面をぴしりと捉えた。速水の視界の片隅で、同時に上がった三本の白旗が、急速浮上した潜水艦（サブマリン）があげた水しぶきのように映った。

「面あり」

審判の声を耳にして呆然と佇む速水に、朝比奈が言う。

「だから、突きはやめてって言ったのに」

それから一分弱。速水は狂ったように波状攻撃をしたが、朝比奈の竹刀には、触れることすらできなかった。

「ラスト十秒」

悲鳴のような鈴木の声。だが速水の闘志が再び燃え上がることはなかった。

ここから二本は取れない。速水は中段の構えを解き恭順の意を示す。

それは圧倒的な力量差を持つ相手に対する礼儀だった。

朝比奈も竹刀を下げ、ふたりは互いに武装解除した。

穏やかな空気の中、試合終了を告げるホイッスルが鳴り響いた。

速水の夏は終わった。

帝華大と東城大のメンバーが整列する。互いに礼。兄が弟に声を掛ける。

「泣きベソをかくヒマがあったら、もっと稽古しろよ」

「泣いてなんか、いないぞ」

その声は震えていた。速水は朝比奈を見つめて言った。

「君は一体何者なんだ？」

朝比奈は無表情だ。その問いを引き取り吾郎が答える。

「最初に言っただろ。彼女は帝華大の秘密兵器だって」

速水も志郎も黙るしかなかった。吾郎はフェアだった。事前に与えられた情報を素直に受け取れなかったのは、自分たちの思いこみと過剰なプライドのせいだ。

「ここまできたら、絶対に優勝しろよ」

速水の声に、吾郎はうなずいた。

◇

「ただ今より第一会場にて、第三十七回医鷲旗決勝戦を行ないます。崇徳館大学、帝華大学両校の選手はただちに整列して下さい」

放送に従い、選手が整列する。崇徳館大学のメンバーはみな大きく、黒々とした道着が並んだそのさまは、不気味に連なる未踏の山脈の遠景のようだった。

ひときわ高く屹立する孤峰・天童隆の前に佇むのは、飄々とした清川吾郎だ。

天童が言う。

「今度は逃げないのか」

「あんたらみたいな単純なヤツらは、得意でしてね」

天童はむっとしたように言う。

「こすっからい剣で弟を泣かしたようだが、今度は兄貴にベソをかいてもらう」

「お手並み拝見といきますよ」と清川は鼻で笑う。

「さっきのお嬢さんはお休みか？」

「あの娘は病弱なもので」と清川はにやりと笑う。

「東城大の虎を退治したお転婆が病弱なワケないだろう。崇徳館大を甘く見るな」

「ナメて勝てるほど甘い相手だとは思っていませんよ」

清川の言葉に天童は黙りこむ。審判に促され、両校のメンバーは礼をした。

第三十七回医鷲旗大会の決勝戦は華やかに幕を開けた。

「よし、それでいい」

上段から打ち据えてくる面を、亀の子のように丸まり防御しながら耐え忍ぶ次鋒に、清川吾郎は檄を飛ばす。

「耐えろ。ヤツらの攻撃は単調だ。守備に専念すれば絶対しのげる」

健闘する次鋒の戦いぶりを見つめながら、清川は呟く。

——ばかばかしい剣道だな。もっとも、面の一本槍で決勝まで勝ち上がってくるのは、ある意味すごいけど。

清川は、がちがちに守りを固めた上からバカのひとつ覚えのように、ひたすら面だけを打ち込み続ける、崇徳館大の剣を呆れて眺める。

ホイッスルが鳴った。先鋒に続き、次鋒も引き分け。これで二引き分けだ。

——ここまでは計算どおりだな。

清川はほくそ笑む。中堅の新保が立ち上がる。

「それにしても上段ばかりのチームって異様な光景だな」

「しかもバカのひとつ覚えで面打ちばかりですからね」と清川はうなずく。

「初太刀がすべて、疾風怒濤というのがヤツらの誓詞だから仕方ないさ。ところで俺もあんな風に亀の子みたいに縮こまって戦わなければいけないのか？」

「まさか。新保先輩と今井先輩はお好きにどうぞ。そのために下級生たちは亀の子に徹したんですから。ここから先はご随意に。ぼくたち後輩が先輩たちのために総力を上げて整えた舞台を存分にお楽しみ下さい」

「感謝する」と新保は短く応じた。

新保、今井の二枚看板は崇徳館大の上段に果敢に挑んだ。さすがにこのクラスになると、おいそれと一本をキメさせてくれないが、二分経過した頃、新保の放った打突が上段の左小手を捉えた。白旗が二本。一本は下で交差している。ぎりぎり一本でも勝ちは勝ち。意気揚々と引き揚げてきた新保が、副将・今井に胸突きで気合いを伝える。今井の相手は天童に次ぐ実力者だった。開始早々、遠間から面を叩きこまれ、今井は一本を失う。先行された焦りから、中盤で勝負に出たところを、再び面を奪われる。

二本負け。これで大将の清川は苦しくなった。

すれ違い様(ざま)に胸突きをし、今井は小声で「すまん」と謝った。

「大丈夫ですよ。大将戦の相手は究極の単細胞ですから」

正面を見ると、天童が大きな眼で清川をぎょろりと見つめていた。

「ま、引き分けなら負けだけど、一本勝ちなら勝ち。大したハンデじゃないです」

うなだれる今井と肩を並べた新保が、口を開く。

「ここまで連れてきてもらっておいて、さらにわがままを言うようで申し訳ないが、俺はどうしても医鷲旗を手にしたい。頼む」

「ぜいたくな先輩たちですね、ふう」

清川はため息をついてみせる。

「わかりましたよ。ちょっと気合いを入れてみます。考えたら、負けたらぼくは丸坊主に一歩近づいちゃいますから」

呼び出しの声に従い、立ち上がり、怪物・天童が待つ中央開始線へ歩を進めた。

ぼくが負けでも負け。引き分けでも負け。要は勝つしかないってことか。

やれやれ。天ってヤツは、どうしていつもぼくに辛く当たるんだろう。

「始め」という号令と同時に、天童は一歩踏み出し、上段に構える。

清川はゆらゆらと左右に揺れながら、様子を窺う。

――ち、はらわたの龍が目障りだぜ。

胴に蒔絵で描かれた銀の龍が、清川をにらみつける。昇り龍を胴に描いたのは胴を抜かれない自信があるからだ、と天童が豪語していたインタビュー記事を、思い出す。

二分が経過した。驚いたことに怪物・天童までもがチームの戦法を遵守して、ひたすら面だけをモノトーンに打ち続けてくる。初めは単調な面をきっちり受け潰していた清川も、次第にじれてきた。何度目かの面打ち、体当たり、鍔競り合いの時に天童にささやく。

「おっさん、ナメるな。一本調子のワンパターンじゃなくて全力を尽くせよ」

清川の渾身(こんしん)の力を、山のように微動だにせずに受け止めながら天童は答える。

「ナメていない。初太刀が外れたら死ぬだけ。それが常在戦場だ」

——これだからアナクロニズムはイヤなんだよ。

清川はため息をつく。ぼくたちは命のやりとりなんかしていない。第一、ここは戦場なんかじゃない。

天童は続けた。

「単調だと思うなら、遠慮せず返し技で一本を取れ」

「言われなくてもそうするさ」

清川の言葉に主審の声がかぶる。

「やめ。分かれ」

主審により、鍔競り合い注意一回を受け、ふたりは離される。

清川はぎり、と奥歯を嚙みしめる。

天童の言うとおりだ。天童の攻撃は単調だが、反撃を封じられている。面とわかっているのに受けるだけで精一杯。返し技がかけられない。

すべては初太刀の圧力のせいだ。このままではジリ貧だ。

——さてさて、どうするか。

清川は視野の片隅に正座する新保、今井の両先輩の顔を盗み見る。ふたりとも応援に必死だ。何しろ彼らにとって最後の医鷲旗だ。速水率いる東城大を破った今、ぼく自身は満足したけど、ついでに先輩たちの願いを叶えられれば、それはそれで悪くない。

下座でぼんやり座る白い道着姿に、ちらりと視線を投げかける。

——よし。

天童の上段と相対した清川は、ほとんど床すれすれまで、剣先を下げていく。下段。新保が呟く。

「朝比奈の真似か？　いくら何でも上段と下段は相性が悪すぎるぞ」

すぐさま天童が面を打ちこんできた。雷のような怒号。すい、とかわした清川は打突を左肩で受け止めた。体当たりをし、引き面で距離をとる。

天童は微塵も動揺しない。清川の左肩が、天罰のようにずきずきとうずく。

「ラスト一分です」と朝比奈の声が凛(りん)と響く。

——なかなか難しいな。やっぱりイミテーションじゃ無理か。じゃ仕方ない。

十分な距離をとると、清川の竹刀がふたたび沈み始める。天童はじり、と間合いを詰める。地を這うような清川の剣先はしかし、床すれすれの下段にとどまらず、大きく円孤を描き、再び天に舞い上がる。竹刀を立て、右肩にかつぐような位置に収まり、構えは完成した。

「あれは何？」と固唾を飲んで見守っていた女責の塚本が新保に尋ねる。

「八相の変形、だな」

「八相？　そんな剣道型にしか残っていないような構えをどうして――」

塚本は肩をすくめた。

「言うだけムダよね、あんたには。もう好きにやんなさい」

呟いてから口に手を当て、声援を送る。

「わかってる？　負けたら丸坊主だからね」

――うっせい、わかってるって。

清川の神経は、かつてないほど研ぎ澄まされていた。

八相の構えといえば聞こえはいいが、要は天童の豪剣の前に、面を無防備に差し出しているので、危険この上ない。形は野球のバッティングフォームに似ている。清川が実戦でこの構えを取ったのは初めてだった。

遠間から天童の声が聞こえる。

それは声ではなかったのかもしれないが、清川はその問いを受け止めた。

「あんたの流儀で勝負しよう。ぼくも守りを捨てた。初太刀勝負さ」

天童が激しい面を打とうとも、また、その打突に対し守備をがら空きにしたとしても、初太刀を叩きこめば勝ち。単純な勝負だ。

「ナマイキな」「あんたほどじゃない」「おもしろい」

面金の奥で天童の顔が、がはっと崩れた。どうやら笑っているようだ。

そういえば天童の笑顔は初めて見たような気がする。足が痺れる。

——まさか、震えているのか、このぼくが？

「ラスト三十」

朝比奈の声。天童と清川の間の空気が凍りつく。

ふたりの気合いが同時に発せられ、瞬間、空間に渦巻いた。

清川の身体が沈みこむ。そこへ天童の剛剣が振り下ろされる。清川の身体がするりと前方に動き、天童の剣が面金から逸れる。清川の剣は、かついだ右肩から斜め袈裟斬り、がら空きの逆胴に叩きこまれた。

ぱあん。

天童の黒胴に鎮座する銀の龍の左眼が、一太刀のもとに斬り落とされた。

「どうだあ」

清川は背後で三本の白旗が上がった気配を感じながら、逆胴を斬り捨てた左手の剣を高々と掲げ、一気に天童の側を駆け抜けた。

両手を広げて振り返る。見たか、やったぞ。ちらりと朝比奈の姿を探す。視野の隅の朝比奈は、両手を口に当てて何か叫んでいる。すごいぞって？

いや、違う。何か変だ。

次の瞬間、清川の脳天を稲妻が襲った。清川の身体は真っ二つに引き裂かれた。

清川と天童は正座して、相対していた。中央で、審判団が合議している。

「きたねえぞ。初太刀がすべてじゃなかったのかよ」

清川が小声で言うと、天童は平然と言う。

「残心を取って初めて一本。一本取られるまで初太刀を繰り返す。これが我が崇徳館大の教えだ」

清川は背後のメンバーを見る。みな心配そうに、合議を見守っている。

やがて主審がふたりを呼び寄せた。

「ただいまの打突について協議の結果を伝えます」

ふたりは息を呑んだ。主審は白旗を高く掲げた。

やった。俺の勝ちだ。清川はにやりと笑う。

「白、胴あり」

それから、その白旗がゆっくりと下がる。そして下で白旗と赤旗が交錯する。

「ただし見苦しい引き上げにより胴取り消し、したがって直後の面あり。赤一本」

主審は赤旗を高く掲げ直し、高らかに宣言した。

「二本目、始め」

「そんなのありかよ。汚ねえぞ」

清川はだらりと竹刀を下げる。主審が注意する。

「白、構えなさい」

「構えないと没収試合にするぞ」

「判定に異議、あるんですけど」

「いいですよ、別に」

会場がざわつく。

「清川、構えろ」と背後から鋭い声が飛ぶ。

「構えないと承知しないぞ」

清川は顎を上げて振り返る。新保が清川をにらみつけていた。

ふてくされたようにうつむいた清川はしぶしぶ構えた。

――残り三十秒。今さらこの怪物から二本も取れるかよ。

戦意喪失した清川吾郎は早々に、二本目を奪われた。

第三十七回医鷲旗大会決勝戦は、こうしてあっけなく終わりを告げた。

◇

夕陽が長い影を引く芝生の上で、帝華大剣道部のメンバーは、押し黙って車座に座っていた。中心に座る清川の前には準優勝のカップが置かれている。

「清川、何だ、あのザマは」と新保の声。

清川は新保の目を見て、顔を伏せる。そして強がって、へらりと笑う。

「負けちゃってすみませんね。でもあそこから二本取るのは不可能でしょ」

「そういう問題ではない。最後まで全力を尽くさなかったことを怒っているんだ」

「仕方ないでしょ。ぼくはもともと、主将には向いていないんだ」

「そんなの理由にならない。それなら、剣道なんてヤメちまえ」

「ああ、ヤメますよ、こんな部活」

「バカ、謝りなさい」と女責の塚本が言う。

「それなら、塚本、お前が主将をやれよ。んでもって次のキャプテンを決めてくれ。ぼくは下りる。あとはよろしく」

立ち上がり、芝生の上の円陣から離れようとした清川は、壁にぶつかる。顔を上げると天童が立っていた。片手に医鷲旗がはためいている。背後には崇徳館大の面々が様子を窺っている。

「優勝旗をみせびらかしにきたのかよ」

軽口を受け流し、天童はその場を見回して、言う。

「話がある。顔を貸せ」

清川は肩をすくめる。仕方なく天童に従った。

公園の端、欅(けやき)の大樹の下に着くと天童は振り返る。手にした医鷲旗が夕風に翻る。天童が言った。

「最後の面、あれは何だ。貴様、一体何を考えている」

「別に。あの逆胴を取り消されたらばかばかしくてやってられない」

「勝負は勝負だ」という天童の言葉に清川は黙りこむ。

唐突に、油蟬(あぶらぜみ)が鳴き始める。天童は言う。

「聞きたいことは他にもある。あのお嬢さんをなぜ、決勝で使わなかった?」

「言っただろ。あの娘は病弱だって」

「本当のことを言え」

強い視線から逃れ切れないと思ったのか、清川は言う。

「実はアイツの出場は、違反かもしれない。アイツ、薬学部なんだ。だから、どうしても勝ちたかった東城大学との戦いだけに使ったんだ」

「秘密兵器を使わなくても、俺たちには勝てる、と？」

「そうじゃなくて、ぼくが勝ちたかったのは、東城大の速水だけだったんだ」

「速水に勝ちたかった、だと？　それならなぜ、直接対決しなかったんだ？」

「個人の勝ちじゃない。チームとして勝ちたかったんだ」

天童は腕組みをして考えこむ。

「俺にはお前の思考法がよくわからないんだが……」

「わからなくて結構。上段打ち下ろしのバカのひとつ覚え男に、こんなぼくのデリケートな気持ちがわかってたまるものか」

天童はむっとしたようだったが、何も言わなかった。

一陣の風が吹き過ぎた。天童は自分の黒胴に視線を落とし、言う。

「お前の剣で、俺の龍がやられてしまった」

黒胴に描かれた龍の左眼に、ざっくりと傷がついている。

清川はにっと笑う。

「これぞ本当の独眼龍、だな。仙台、杜の都の英雄、伊達政宗みたいだろ」

「バカ言え。政宗公は右目がやられた隻眼だ」

天童はそっと自分の黒胴の銀龍を撫でた。そして手にした医鷲旗に語りかける。

「メンバーの前では言えなかったが、今年の医鷲旗は借り物だと思っている。ひとつはお前の逆胴、あれで俺は死んだ。あの勝負、お前の勝ちだ」

清川は呆れたように呟く。

「そう思うなら、あの場でそう言ってくれよ」

天童は清川の呟きが聞こえなかったかのように、さらに続ける。

「もうひとつ。秘密兵器を使わない帝華大に勝っても本当の勝利とは言えない。来年は俺も朝比奈と勝負させろ」

「あいつは薬学部で、たぶん試合には出られないんだって」

「そんなことはない。規約を読め。薬学部や看護学生の出場も認められているはずだ」

でかい図体でよくもまあ、あんなちまちました規約の文章の隅っこまで把握しているものだ、と清川は感心した。

「確かに出場資格があるようにも読めるけど、書き方は限りなくグレーだった。

だからああいう形にせざるを得なかったんだよ」

喧しかった油蟬が鳴きやみ、一瞬の静寂があたりを包む。天童は答えた。

「今年は主管校で理事の先生たちとも知り合いになれたから、規約の確認はしておく。たとえダメだったとしても、来年は彼女の参加を正式に認めるように働きかけてやる。だから来年の医鷲旗できっちり決着をつけよう」

天童は清川の眼をまっすぐに見て、言い放った。

「来年？　ぼくには関係ない。ぼくはもう剣道をやめる」

「本気か？」

その問いかけに答えず、清川は天童に背を向け、夕陽に向かって歩き出す。

それは、帝華大の仲間が待っている方角ではなかった。

# 第十章　マリンスノー

## 夏

波の音。ばさばさと帆が風にあおられる。強い陽射しが網膜の裏を赤く染める。身体は波にゆらゆらと揺れる。上半身を起こし、遠く、海岸線を眺める。ぼくは小さなディンギーの、たったひとりの乗員だった。

八月も、終わる。剣道部の夏休みも終わり、いつもなら部活動を再開している頃だが、医鷲旗大会が終わってからぼくは、部活には一度も顔を出していない。このクソ暑い中、厚手の道着を着て、一キロある防具やら面やらを身に着けて稽古に励むなんて、人間の安楽本能に反すること、この上ない。

そう、夏は海。涼しく吹き抜ける海風をヨットの上で感じるのが、一番の贅沢。

幼い頃、夏に通った海辺の別荘に滞在している。ディンギーは顔見知りのペンションの持ち物で、後始末をするという約束で、客がいない時は自由に乗り回していいことになっていた。マリンブルーのディンギーの名はポセイドン号。

八月末の砂浜には海水浴客の姿もなく、浜辺のディンギーはひとり占めだ。

それにしても人生ってヤツは皮肉だ。部活をやめ、自由な時間を手に入れた途端、彼女にフラれた。本当なら右手にシャンパングラス、左手に水着の彼女の腰を抱き、マリンブルーのディンギーで大海原を駆けめぐっているはずなのに……。

ぼくはため息をつく。

天ってやつは、どうしていつもぼくに辛くあたるのだろう。

ポセイドン号は、ぼくにおかまいなしに、白い波頭を縫って気持ちよく走る。風を切って進むと突然風向きが変わり、あわててタックする。からん、と支柱にロープがぶつかる音に混じり、ぼくの名を呼ぶ声が聞こえた気がした。振り返ると、海岸線に豆粒のような人影がふたつ、並んでいた。その片方が大きく手を振っている。ぼくは眼を凝らすと、小さく舌打ちをする。

「何であのふたりが、揃ってこんなところまでやって来るんだ？」

ぼくはジャイブして、岸に向けて進路を取った。

岸で待ち受けていた弟の志郎が舳先を摑み、ポセイドン号を砂浜に座礁させる。そういえば、昔からこういうコマコマしたところに、妙に気が利くヤツだったな、コイツ。

ヨットから降りながら、砂浜に佇む長い髪の女性を見た。女責の塚本だ。

ワンピース姿だとそこそこ見られる。おしとやかな格好は珍しい。

「それにしても妙な組み合わせだけど、一体どうしたんだ？」

口を開きかけた塚本を片腕で制し、志郎が言う。

「兄貴にリベンジしようとして、昨日、帝華大に出稽古に行ったんだ。そしたら兄貴が稽古をサボってると言われて、逆に居場所を聞かれた。もしやと思って別荘のことを言ったら、この人も話があると言うんで一緒に連れてきたんだ」

ぼくは、海風に長い髪をなびかせている塚本を眺めながら、言う。

「その話はちょっと違う。ぼくは部活をサボっていない。剣道をやめたんだ」

塚本の眼が大きく見開かれる。

「あんた、本気なの？」

ぼくはうなずく。「ああ、本気さ」

「ここまでバカだとは思わなかった」と塚本が呟く。

「それはよかった。ようやくぼくのことを理解してもらえたかな」

「ひょっとして新保先輩のコトとか、気にしてる？」

「まさか」と即座に言い返す。動揺を悟られないためだ。実は図星。

ぼくは医鷲旗大会の決勝の後、ふて腐れていた。それが新保先輩たちにとっては最後の医鷲旗大会だったと気づいたのは、東京行きの新幹線に飛び乗った後だ。

ぼくはどこからどう見ても、とびっきりのエゴイストだった。

ぼくはうつむいて、塚本に言う。

「でも、ま、新保先輩や今井先輩には少し悪いな、と思ってる」

「先輩たちは、あの試合のことは何とも思っていないわ」

「ウソつけ」

「ウソじゃない。さすがに当日は怒っていたけど、その後は、とにかく決勝に行けたのは、清川君のおかげだって毎日言ってる。ああ見えて繊細なヤツだから、俺たちを気にして戻りにくいのならおカド違いだと伝えてくれと言われたわ」

肩が軽くなる。そう、実はそれはぼくが一番気に病んでいたことだった。

塚本はぼくを見つめた。小さなつむじ風が砂浜を吹き抜けていく。

「あのさ、あたし、もう一年剣道部に残ることにしたの」

塚本は来春卒業だったはず。

「お、落第したのか」

「バカ。助産婦学校に進学するのでもう一年、学校に残るの」

「ふうん。それで？」

一瞬、塚本がさみしそうな表情になり、ぼくはどきりとする。

何だ、どうしたんだ？

波音が響く中、塚本は続けた。

「でね、清川君が戻るまであたしが主将代行になったの。だから早く戻ってきて」

「なぜ、塚本が？」

「新保先輩のご指名。他の男子を主将代行に置いたら、清川君は、これ幸いと部活をやめてしまいかねない。だから女責のあたしを代行に選んだってわけ」

おのれ新保先輩、よけいな入れ知恵を。ぼくの性格を熟知していやがる。

ぼくは沖の白い波頭を見つめて言った。

「ご愁傷さま。せいぜい主将任務に励めよ。もともと塚本の方が適任だからな」

「そんな言い草ないだろ、せっかく塚本さんがここまで言ってくれているのに」

いきなり会話に横入りしてくる志郎。ち、単純バカが突っ走ると話がややこしくなる。コイツの行くところ、いい迷惑の災難が起こる。昔からそうだった。

「剣道部をやめるなんて、許さない。それじゃあ勝ち逃げだろ」

「悪いな、志郎。それが世の中ってもんさ。イヤならあの時勝てばよかったんだ。勝ち逃げだけが人生さ」

「俺に負けるのが怖いんだろ」

「そのとおり。何しろ志郎ちゃんは伸び盛りだからね。怖い怖い」

悔しそうに黙りこむ志郎。塚本が呆れ声で言う。

「ほんっとに、あんたって芯から腐ってるわね」

ぼくは口笛を吹いた。塚本はうつむいて、小声で言う。

「こんなこと言うのは悔しいけど、とにかく、あたしは清川君が戻ってくるのを待ってる。ううん、あたしだけじゃない。剣道部のみんなが待ってる」

塚本は顔を上げる。そのまなざしは真剣で、ぼくは思わず眼を逸らす。

「帝華大学医学部剣道部主将は清川吾郎、あなたしかいないの」

松林をわたる潮風にひぐらしの声が混じり、塚本の弱々しい言葉と共に消えていった。


別荘に寄っていけば、というぼくの誘いを断って、ふたりは海辺を後にした。

ぼくは砂浜にひとり取り残された。晩夏の午後の陽射しに照りつけられ、砂浜に半座礁したポセイドン号が波間に揺れる。マリンブルーのボディを撫でる。

視界の片隅で、白い影が動いた。

「今日は千客万来だな」

ぼくの声にあぶり出され、ヨットの陰から姿を見せたのは、朝比奈だった。

「どうして、ここへ来た？」

朝比奈は小声で答えた。

「塚本先輩たちが主将を訪ねるって聞いたので、後をつけました」

「それは朝比奈がここへたどり着けた方法だろ。ぼくが聞いているのは、どうして朝比奈はここに来たんだ、という理由の方さ」

朝比奈は大きな眼を見開いて、ぼくを見る。

「理由がなくちゃ、来ちゃいけませんか？」

「いや、いけなかないけど……」

よくわからないが、どうやら朝比奈は怒っているらしい。

「ま、どうでもいいや。遠路はるばる来たんだ。ヨットにでも乗ってくか？」

どうせ断るだろうという予想に反し、朝比奈は小さくうなずいた。

ぼくはヨットの船尾（スターン）後方に立ち、朝比奈に指示をした。

「貴重品は、タッパーに入れな。ひっくり返った時に濡らさないために、ね」

「え？　ヨットって、ひっくり返るものなんですか？」

「ああ、特にディンギーはね。で、乗るかい？　それともやめる？」

ぼくの言葉に挑発の匂いを感じたのか、朝比奈はきっぱりと言う。

「乗せて、下さい」

ぼくは朝比奈の服装を確認する。膝上のキュロットスカートに白いTシャツ。これなら万が一、海に落ちてもすぐ乾く。

「んじゃ、いくぞ。手伝って」

ぼくが船尾を押して、ポセイドン号の砂浜からの離脱を図る。朝比奈もヨットを押し、勢いをつけてひらりと乗りこんだ。

真っ白なメインセールが、鈍色（にびいろ）に光る午後の海原をするするとすべっていく。

帆を操りながら、朝比奈にオレンジ色の救命胴衣を投げ渡す。

「それ、着けて。ライフジャケットだから」

朝比奈はたどたどしい手つきで救命胴衣を身に着けた。

「何だか、へなへなの胴みたい」

どこまでもコイツは剣道少女だ。

風は帆をいっぱいに膨らませ、ポセイドン号は全速力で沖合に向けて疾走する。

沖に出たところでブームのロープを解放し、風を逃がす。ヨットは左右に揺れ、帆走を止めた。視線の交錯が、波の揺れと同期する。

「で？」

「は？」

ぼくの問いに疑問符で応じる朝比奈。

「今日のご用件は何かな？」

朝比奈は黙りこむ。ヨットは波に揺蕩（たゆた）っている。時折、解放された白い帆が風にばさばさとあおられ、陽射しが海面で乱反射する。

ようやく朝比奈が口を開く。

「本当に剣道部をやめるおつもりですか」

「それが、何か？」

「やっぱり主将は卑怯者ですね」

「そうかも、な」

「無責任すぎます。あたしを引きずりこんでおいて、自分だけやめるなんて」

「そうかもしれない。申し訳ない」

素直に謝るぼくに拍子抜けしたのか、朝比奈は視線を船底に落とす。

「バカみたい。どうして自分がマネージャーをやめて選手になったのか、わけがわからなくなりました」

「そんなことないさ。朝比奈は帝華大医学部剣道部一番の遣い手だよ。そうだ、せっかくだから、朝比奈が主将をやればいいよ」

塚本でも立派に主将をこなせるだろうが、朝比奈の方がゆとりがありそうだ。

だが、ぼくの言葉は朝比奈の感情を逆撫でしたらしい。

「いい加減にしてください。少しは真面目に考えて」

朝比奈は立ち上がると、ヨットがぐらりと揺れる。

「バカ、座れ、危ないだろ」

朝比奈はあわてて腰を下ろす。船体が揺れ、朝比奈はブームを手で摑む。

その時、突風が吹き抜けた。ディンギーは大きく傾いた。

「きゃあ」

朝比奈は、ブームにしがみつく。

「手を離せ、ダメだってば」

突風をたっぷり孕(はら)んだ帆は、さらに船体の傾斜を強くして、ついに復元不能な角度まで傾いた。ぼくは諦めて身体の力を抜いた。

ディンギーはゆっくりと仰向けにひっくり返っていった。


ぼくと朝比奈は海中にいた。朝比奈は身体を丸めて沈んでゆく。マリンスノーのように、このまま海の底に沈んでいってしまうのではないか、という不安に囚われる。

ぼくは朝比奈に手を伸ばし、細い腕を摑み海面に浮上する。

ポセイドン号の青い船底が、大海原に横たわっている。朝比奈に、海原に救命ブイのように屹立しているセンターボードを摑ませる。

「大丈夫か？」

震えながらうなずく朝比奈。センターボードに手を掛け、船体を起こしにかかる。体重のかけ方に比例し、メインセールが水を吐き出しながら浮上する。

ふいにヨットが軽くなり、一気にもとの体勢に復帰した。波間を漂う貴重品の入ったタッパーを拾い上げ、ヨットに投げこむ。

船尾からヨットに復帰して、海面に漂う朝比奈に手を差し伸べる。

その手を拒絶して、朝比奈は自力でヨットに乗りこんできた。

その滑らかな姿を見て、人魚みたいだ、と一瞬思う。

三つ編みの髪をほどいて、濡れた髪を両手でしぼりながら、朝比奈が言う。

「ひどい、わざとひっくり返したんでしょう」

「言っただろ。ヨットってのは、ひっくり返るのが基本の乗り物なんだぜ」

朝比奈は、ぼくの言葉をあからさまに疑っていた。

沖から戻ると、陽が傾きかけていた。ぼくたちはヨットを砂浜に上げた。

朝比奈に白いタオルを投げる。生乾きの髪を拭きながら、朝比奈は小声で言う。

「気持ち悪い。身体がベタベタ」

ぼくは、朝比奈の身体の稜線にぴたりとはりついた白いTシャツを盗み見ながら、こそりと言う。

「シャワー、浴びていくか？」

朝比奈は、ぼくを見つめる。そして首を振った。

「大丈夫です。まだ陽射しが強いから、駅に着くまでには乾きそう」

少しがっかりし、少しほっとした。

「今日はわざわざ遠くから来てくれたのに、おかまいできなくてすまなかったね」

朝比奈は首を横に振る。

「今日来たのは、私の気持ちじゃありません。おジイの伝言を伝えに来たんです。一週間以内に道場に来るようにって」

げ、地獄への招待状を持参してきたわけか、君は。即座に断ろうと思ったが、言葉が出てこない。ぼくの中に残っている、ささやかなモラルのせいかもしれない。朝比奈を無理矢理試合に出場させた張本人が日和るなら、クレームを引き受けるのは義務だぞ、と心の声が囁きかけてくる。

「わかった。一週間以内に伺うと、お爺さんに伝えてくれ」

うなずいた朝比奈は砂浜を後にした。

ぼくは朝比奈の白い後ろ姿が松林の陰に消えるまで、ひとり見送った。

夕闇の中、佇むぼくの耳に、ひぐらしの鳴き声が響いた。

三日後。軽やかに先を行く朝比奈ひかりの後ろ姿を、ぼくはゆっくり追跡する。

河原に出ると、朝比奈が振り返り、「渡ります」と言った。

朝比奈が反対岸にたどりついた時、ひとつ手前の、最後の飛び石を飛んでいたぼくは、次の瞬間、朝比奈の側に軟着陸した。花の香りが仄かに漂った。

ぼくは私服のまま、道場中央の小さい円の中に正座していた。以前訪問した時と違い、道場から威圧感は感じなかった。

ふう、と風が動く。微かに首をひねる。

「そのまま」

おジイの声が上から降ってきた。

「腕を上げたようだな」

「自分ではわかりません」

「だろうな。お前はまだ自分を客体視するには至っていない」

ぼくは黙った。

相手が何を言っているのかよくわからない時には、沈黙するに限る。

風がぼくをすり抜けていく。沈黙の重さに耐えかねて、ぼくは口を開いた。

「御用件は何でしょうか？」

「用事がなければ、招待してはいかんのかな」

「ええ。少なくともぼくの行動原則では」

おジイがうっすらと笑ったのを感じる。

「なぜ剣道をやめる？」

単刀直入な質問。予想していなかったので面食らう。

「やめてはいけませんか？」

「いけないいな」

「なぜ？」

「逃げ癖がつく」

ぼくは、は、と手を打つ。

「それは仕方ないでしょう。ぼくの逃げ癖は昔からです」

「そんなはずはない。逃げ癖がついているヤツに陰の位は取れぬ」

「陰の位？」

「決勝で八相の構えを取ったそうだな。それはお前の本質が、陰の位であることの証拠だ。逃げ癖のついたヤツが陰の位を取ると、眼下に広がる闇の深さに足がすくんでしまうものだ」

「苦し紛れですよ。結果は、見事に負かされました」

「勝負はお前の勝ちだ。相手も、そしてお前自身もそう思っているはずだ」

おジイは、ぼくと天童の会話を知っているのか？　この話は誰にも、そう、朝比奈にもしていないのに……。薄気味悪く思って、おジイに言う。

「相手が何と言おうが、負けは負けでしょ」

「初太刀こそ勝負。だからお前の勝ちだ」

「でも、試合には負けた」

「修業不足だ。そんなお前が中途半端で剣道をやめたら、ロクな者になれん」

「別にいいですよ、どうせもともと半端者ですし……」

「スネるのは男らしくないな」

さすがにカチンときた。その時、ふと思いつき、ちらりと朝比奈を見て、言う。

「ぼくには剣道をやめるなと言いながら、孫娘は剣道から遠ざけていたじゃないですか」

おジイは、ふん、と鼻で笑う。

「剣道をさせたくなくて、部活への参加を禁じたわけではない。ひかりに太刀打ちできる相手がいないだろうと思ったからやめさせただけだ。だがお前に会い、コイツなら相手になってくれる、と思ったから許したんだ」

「期待に応えられず、大変失礼しました」

雑ぜ返すように答えると、黙って話を聞いていた朝比奈が口を開いた。

「おジイ、先輩には何を言ってもムダだよ」とひらりと言い放つ。

朝比奈の双眸が蒼く光っていた。

「だって清川主将は、全力を尽くさない人だもの」

朝比奈の言葉が、雪の結晶のようにぼくの身体に降り注ぐ。

「あたしを剣道に引き戻しておいて、自分が負けたら尻尾を巻いてさっさと逃げ出すなんて、最低」

本当のことだから、何も言い返せない。

おジイはぼくと朝比奈を交互に眺める。やがて、言う。

「剣道をやめるのはお前の勝手だ。だが、お前の影は、お前自身が思っているよりもはるかに大きい。その落とし前はどうつけるつもりだ？」

——そんなの知ったこっちゃない。

心の中でそう毒づきながら、ぼくは自分の言葉で自分を納得させられない。

ぼくの中では、さまざまな想念が渦巻いていた。ぼくはそれに気づかないふりをしていただけだ。

塚本の言葉。新保先輩の視線。予想以上に手強かった志郎の速攻。八相の肩に担いだ竹刀から繰り出した打突が、天童の胴の龍の片目を斬り落とした瞬間の痺れるような手応え、届かない竹刀の先に、希望だか絶望だかわからないまま揺れている朝比奈の瞳。

そして、速水の燃えるような緋胴。叩き割られたぼくの面。

想念のかけらが万華鏡の中に、次々と降り注いでその彩りを変えていく。

おジイの視線を切れない。早く切らなければ、とんでもないところまで連れて行かれてしまう。わかっているのに、ぼくは視線を切れなかった。

おジイが宣告する。

「やめたいならやめるがいい。だが、その前に落とし前をつけろ。せめてお前が引っぱりこんだひかりの気持ちを納得させろ」

「ぼくにどうしろ、と」

「もう一度、ひかりと立ち会え。そして一本取り返せ。それでチャラ、だ」

ぼくは振り返る。朝比奈の瞳が、ぼくを射抜くように見つめていた。

◇

真夏の午後、陽射しは翳(かげ)りを帯びている。借りた面金を着けながら、ぼくは向かいに端座している朝比奈の姿を見る。

白い道着は、初夏の宵闇に浮かんだくちなしの花のようだ。

帯刀し、立ち上がる。朝比奈も、腰を上げる。ぼくたちは中央で正対した。

どれほど時が経っただろう。ぼくの速攻は朝比奈には通用しない。それはわかっていた。だからぼくは、一本も打突していない。どうせ勝負は一振りで終わる。

ぼくは陰の構えの八相。身体を開いた野球の打者のような姿勢だ。剣先は天を指し、蒼穹(そうきゅう)をも刺し貫こうとする、身の程知らずのぼくの意志の象徴のようだ。

対する朝比奈は脇構え。別名、金の構え。打てるものなら打ってみろといわんばかりに、華奢な身体を丸ごとぼくの間合いに投げ出している。竹刀の剣先は、相手のぼくとは正反対の方向、地に向かって深く沈みこんでいる。

ナメている、とは思わなかった。

ぼくは知っている。朝比奈のスピードを。

そして速度はすべてを凌駕する、ということを。

ぼくは前後に小刻みに動き、朝比奈は間合いの限界線上をゆらゆらと漂う。

期せずして、ぼくと朝比奈の気合いが同期した。光を喪った空間が張りつめる。


朝比奈の面に、竹刀を振り下ろす。余分なものを一切削ぎ落とし、まっしぐらに最短距離、最速で面に叩きこむ。ぼくの剣先は、軌道修正できず、朝比奈の面を捉える。その瞬間、朝比奈の身体が沈みこむ。あと少しで朝比奈の面を捉える。朝比奈の面から遠ざかっていく。朝比奈の身体に隠れていた竹刀が、地の底から湧き上がる。

その軌跡の中、ぼくの胴は真っ二つに斬られた。

膝をついたぼくを見下ろし、朝比奈は言う。

「どうします？　私から一本も取れないまま、尻尾を丸めて逃げ出すんですか？」

ぼくは朝比奈を見上げる。言い返す言葉はない。

面を外す。道場の空気が微かに揺れ、頬を撫でていく。

ああ、そうだ。ぼくには失うものなんて、何もない。ちっぽけなプライドが粉々に打ち砕かれてしまえば、ぼくの存在なんて無に等しい。

「わかったよ、朝比奈。剣道をやめるのは、お前を打ち破ってからにする」

面金の奥、朝比奈の視線が蒼さを深めた。

「何であたしが主将に見送られるんだろう。あたしの家なのに、変なの」

◇

「仕方ないさ。お前に勝つには、おジイに稽古をつけてもらう他に手がないんだ」

川面の飛び石を軽やかに渡り切った朝比奈の背中に、ぼくは宣言する。

「ぼくは単位は取ってあるから多少はサボれる。納得がいくまでおジイと向かい合ってみるよ。たぶん秋頃には戻れると思うから、留守の間はよろしく頼むと塚本に伝えてくれ」

川の向こう岸で、朝比奈はうなずいた。

遠ざかる朝比奈の後ろ姿を夕闇の中で見失った時、一陣の風が梢を鳴らし吹き抜けていった。

# 第十一章　寒月牙斬

桜宮・東城大　晩秋

霜月。枯葉が舞い落ち、裸の木々の梢のモザイク文様は高く青い空にはりついている。速水たちは秋期合宿に入っていた。この合宿に目標はない。打ち上げが卒業生の追い出しコンパを兼ねている。

速水は主将をもう一期、務めることになった。副主将の小谷がまだ十分な実力をつけていなかったからだ。医学部運動部で主将を二年間やるのは多いことではないが、稀でもなかった。もともと医学部運動部は部員数が少ないのに、部活の参加可能な期間は六年と長い。実際、前園も主将を二期、務めている。

部員たちは口数が少ない。前園が卒業する。

東城大学医学部剣道部は、今、まさに大黒柱を失おうとしていた。

ふだんの合宿なら、稽古がひとつ終わるたびにゴールが近づく、と指折り数えるが、秋期合宿はひとつ稽古が終わるたびに、ため息がひとつ降り積もる。

　そして、とうとう最後の稽古を迎えた。

　東城大学医学部剣道部の伝統で、秋期合宿最後の稽古は、卒業する先輩に対して、部員全員で立ち切りをして送り出す。切り返しを終えた前園は、上座に座り面を外す。部員はその前に整列、正座した。

　速水、小谷、河井、鈴木、それから一年の清川志郎と長村。前園が卒業しても立派に試合メンバーが組める。これなら前園先輩も安心だろう、と速水は思う。

　前園は手ぬぐいで汗をぬぐうと、部員を見回す。速水が号令を掛ける。

「前園先輩に礼。これより、前園先輩の立ち切り稽古を行ないます」

「よろしく頼む」

　万感の思いを胸に秘め、部員たちは礼をする。

　からりと扉が開く。振り返ると道着姿の高階顧問が入ってきた。部員たちは全員立ち上がり、礼をした。高階顧問は、そのまま、というように手を上げる。

　それから、面と小手を下座に置き、前園に向かい合う。

「前園君、君には稽古をつけてあげられなくて、申し訳なかった」

　前園は首を振る。

「俺たち、いいえ、俺は先生に負けたのですから、当然です」

一瞬、高階顧問は苦しそうな顔をした。

「そう言ってもらえると少し気が楽になる。ところで今日は合宿の稽古納めに立ち切り稽古をするそうだが、私も参加したい。剣道部顧問としてではなく、ひとりの剣士として真剣勝負の立ち会いをしたい。前園君、受けてくれるか？」

いつもの飄々とした高階顧問の口調とは少し違った。前園は熱の籠もった口調で、ためらいなく答える。

「もちろんです。よろしくお願いします」

一陣の寒風が、道場の窓ガラスを叩き割るかのように鳴らしている。

速水が開始の太鼓を打ち鳴らす。三本勝負。元立ちの前園が二本取れば一人の立ち切りが終わる。

一番手は一年生の長村だ。彼は中学時代に剣道をやっていた。高校三年間のブランクは大きかったが夏合宿で力をつけた。医鷲旗大会には間に合わなかったが秋合宿でさらに伸びた。来年は前園のアナを埋めてくれるだろう。

だが六年間、東城大学医学部剣道部の屋台骨を支えてきた前園の前ではあっけなく、面を二本取られ、退散する。

二番目の鈴木もあっけなかった。今や主務に徹しているのだから仕方がない。

前園もこのふたりに手間取っているようだと、立ち切り成就は覚束ない。

三人目は清川志郎、いよいよレギュラー陣の登場だ。

志郎は対帝華大戦で兄の吾郎にこてんぱんに負かされた時、精神的な脆さを露呈した。敗戦直後は稽古する意欲を失っていたようだが、秋の稽古が始まった頃には再び、いつもの「クソ兄貴を叩きのめす」という口調が戻っていた。

志郎は前園の前に立ち、礼をする。不遜な志郎も、前園の前ではおとなしい。立ち切り稽古では蹲踞は省略。竹刀を構える。速水は太鼓を打ち鳴らす。

鋭い気合いと共に、志郎の速攻が始まった。

前園は素早い打突をひとつひとつ丁寧に受けていく。まるで志郎の成長ぶりを確認しているかのように。連打が尽き、志郎は体当たりをする。

がちり、と身体が衝突し、中央で静止する。

「強くなったな、志郎」

ゆったりふりかぶり、引き面を打ち下ろす。志郎の竹刀を、前園の剛剣が叩き落とす。志郎は一度崩れると脆い。二本目は、別人のようにあっさり奪われた。

うなだれて引き下がる志郎に前園はひとこと言う。

「胸を張れ。簡単に折れるな。折れたら負けだぞ」

志郎は、小さくうなずき、礼をした。

続いて河井、小谷が挑戦した。彼らもこの一年でかなり伸びたが、前園の圧力の前では赤子に等しく、河井の運動神経抜群の打突も、小谷の剣道を知り尽くした業師的な剣もひとたまりもない。

誰ひとり前園の面にかすりもせず、退けられてしまった。

——こんなすごい人を失って、俺たちはこれから闘っていけるのだろうか。

一瞬、速水の胸に不安がよぎる。来年は医鷲旗大会の主管校だ。

このままだとヤバい。

速水は帯刀して一歩前に進む。前園が怒号をあげる。

「これが東城大の実力か。引退する俺から一本も取れないんじゃ、心配で卒業できないぞ」

「落第しちゃえ」

清川志郎が呟く。前園が吠える。

「バカ野郎。俺は剣道部を卒業して、外科医になるんだ」

速水は竹刀を構えて言う。

「ご心配なく。俺が前園先輩から一本取りますから」

「でかい口を利くなよ、速水」

中央で、かちり、と竹刀が合わさる。速水の剣先が沈み、面に飛びこむ。前園は一歩前に出て、速水の面を元打ちにして受け止め、こじあけた胴を斬り捨てた。

ぱあん。

速水の緋胴は真っ二つ、血に染まる。速水は体当たりをして前園を突き放す。

「まだまだ」

間合いを切ったふたりの間で、互いの竹刀の剣先が触れ合い、かちゃかちゃと音を立てる。

――このまま二本目を許したら、前園先輩を送り出せなくなる。

速水は剣先に気合いを込めた。息を整えると前園の気の流れが見えてきた。

呼吸と共に気合いは明滅を繰り返す。ほんの小さな光の消失。

その瞬間、速水の身体はまっすぐに伸び、剣先が前園の面を捉える。

面あり一本。

打突後の体当たり。ぶつかった面金の奥に前園の笑顔が見えた。

「速水、後は頼んだぞ」

速水がうなずいた瞬間、前園は引き面を打ち、あっさり一本を取り返した。

「きったねえ」

「バカ野郎。勝負ごとに綺麗も汚いもあるか。油断した方が悪い」

速水と前園の立ち切り勝負は、前園の逃げ切りで終わった。

それでもとにかく一本奪えた。

主将としての面目を保った速水は、万感の思いを込めて、一礼した。

高階顧問が前に進み出た。

「前園君、よろしくお願いします」

息を荒らげている前園に、高階顧問は続ける。

「前園君、剣道の世界は狭い。君はこれから広大な海原に漕ぎ出る。外科医志望の君に、本物の世界を見せてあげよう。この立ち切り稽古は君が一本取るか、精根尽き果てて打突できなくなるか、まで続けたいのだがどうだろう?」

「望むところ」

前園は言い放つ。すらりと抜いた竹刀の剣先を、あいさつ代わりに触れさせる。次の瞬間、果敢に打って出る。高階顧問は前園の打突を受け潰すつもりか、と思ったら、先を取るように面一本。

呆然と振り返る前園に、高階顧問が言い放つ。

「どうした。一本は遠いぞ」

前園は打突のたび先を取られ、紙一重で一本を取られる。技量の低い者が見たら相打ちに見えるかもしれない。だが、ふたりの間には決定的な違いがあった。

刹那の差だが、その差は永遠に縮まらない。

高階顧問は激しく打突を繰り返す。やがて、前園は打ちを繰り出すことも、高階顧問の面を防ぐこともできなくなった。

身体はふらつき、眼がうつろに宙をさまよう。

高階顧問の打突は鋭さを増していく。鬼気迫るものを感じ、速水は終了の太鼓を打ち鳴らす。道場に響きわたる太鼓の連打。

だが、高階顧問の耳にも前園の意識にも、その音は届かない。

打突は続き、前園の闘志こそ衰えなかったが、一方的に打ち据えられる姿をさらし続ける。速水は太鼓のばちを投げ捨て、高階顧問の身体を羽交い締めにする。

「もう終わりです。立ち切り終了」

「放せ。これでは終われない」

速水の制止を振りほどき、高階顧問は怒号をあげる。

「なぜ最後まで闘おうとしないんだ。ひとりで勝手に退場するな」

部員一同は、激した高階顧問を呆然と見守る。高階顧問が叱責している相手は、目の前の前園でも、ふがいない剣道部員でもない、ということを肌で感じ取った。

速水に押さえこまれ、高階顧問の動きが止まる。激しい感情が冷えていくのを腕の中で確認し、速水は高階顧問の身体を解き放つ。

高階顧問はだらりと竹刀の構えを解く。

「ちくしょう。どいつもこいつも……」

高階顧問の前で、倒れこみそうになりながら前園は震える竹刀を構えた。

懸命に振りかぶり、面を打つ。その面は、高階を真っ二つに斬り捨てた。

高階は、前園の身体を受け止める。

「その面だ。前園君、君は闘いから逃げるなよ」

闇に囚われた道場に、突風が一陣吹きこんできた。

剣道部員一同は、彫像のように動かなくなったふたつの影を、見守り続けた。

◇

しばらく経ったある日、速水たちF班のメンバーは、小児科のベッドサイド・ラーニングの最中に、あるウワサを耳にした。

以前総合外科で、田口や速水に厳しい言葉とともに現実を突きつけた外科医、渡海が大学病院をスキャンダルで辞した、という話だった。

三人は顔を見合わせる。やがて田口がぽつりと言う。

「獅胆鷹目。あの言葉の続きって何だったんだろう」

速水は田口の肩を叩いて言う。

「それはお前が、これから自分で捜し当てるんだな」

速水の言葉が病棟の床に落ち、シミのようにこびりつく。

顔を上げると窓の外には、初冬の青空がどこまでも高く広がっていた。

# 第十二章
# エゴイスト

東京・帝華大　冬

帝華大学医学部剣道場。真冬の明け方。凍える空気の中、鋭い気合いが響く。

「そんなんじゃ医鷲旗は勝てないわよ」

女責兼主将代行の塚本が叱咤する。その視線が見据える先では、塚本、そして清川吾郎と同期で主務の坂部が、冷え冷えとした床に竹刀の剣先をだらしなく下げている。

「わかったわかった。お前は偉いよ」

「何よ、それ。本気でやりなさいよ」

塚本の言葉に、坂部は肩をすくめた。

「そんなにしゃかりきになったって、しょうがないだろ。新保先輩と今井先輩の二枚看板がいなくなった上に、主将が任務放棄しちゃったチームには、もう勝ち目なんてねえよ」

「そんなことないわ。清川君は必ず戻ってくる」

「それはどうかな。朝比奈ちゃんには、秋には戻ると伝言したらしいけど、結局、年が明け、寒稽古まで音沙汰なしじゃないか。おまけに二学期は授業にすら出ていないんだぞ。まあ、もともと成績優秀だし、代返を俺に依頼するような抜け目のないヤツだから、留年するつもりはないんだろうけど」

清川が朝比奈のおジイの所で修業しているということを知っているのは、朝比奈ひかりと女責の塚本だけだ。塚本はうつむく。

「そんなこと言わないで。清川君はいい加減だけど、約束は守る人よ」

「だからこそ、だよ。主将が半年近く留守にしているチームで戦えるか？　確かに清川は嘘つきではないけど、剣道に対する姿勢はちゃらんぽらんじゃないか」

背後から、白い道着の朝比奈が声を掛ける。

「闘うのはひとりひとり。清川主将が戻っても戻らなくても、関係ないです」

「朝比奈、お前って本当にイカしてるよなあ」

「そんなことより坂部先輩、一本お願いします」

うんざり顔で、蹲踞姿勢の朝比奈を見下ろし、坂部はため息をついた。

「俺とお前のを稽古って言うのかな。俺の竹刀はかすりもしないからなあ……。ま、グチってもしゃあない。やるか」

マネージャーのホイッスルに合わせ、ふたりは立ち上がる。

坂部は剣先を押さえこみ、朝比奈の面を打突する。朝比奈はひらりとその剣をかわす。剣の飛び交う危険地帯で、朝比奈だけはいつもひとり安全地帯にいて、周囲を悠然と見下ろしている。

塚本は、下級生と稽古をしながら、朝比奈の様子を横目で眺める。

——マネージャーを希望したのは、稽古相手がいないと思ったからかしら。

ホイッスルが鳴る。肩で息をした坂部は朝比奈の前で剣を下ろし、蹲踞する。

「やっぱりただの素振りになっちまったぜ」

塚本が朝比奈を呼び止める。

「朝比奈、私とやろう」

「お願いします」

蹲踞、ホイッスル。朝比奈の前で繰り広げられることは、相手が替わっても同じ。塚本の剣は、むなしく空間ばかりを切り裂いていく。だが、塚本は朝比奈に向かって打突を続ける。

——本当に帰ってくるんでしょうね。

塚本の剣は朝比奈には届かない。まるで今の塚本の想いのように。

——いつまで待てばいいのよ。もうすぐ春なのよ。新入生の入部の時に主将不在じゃ、剣道部は保たないわ。

坂部には食ってかかったが、塚本も限界だった。陽炎のような朝比奈に打ちこんでいくむなしさのように日々を重ねていくことは、辛い。

竹刀がぶつかり合う音が聞こえるが、塚本の竹刀は空を切るばかり。

ホイッスルが鳴った。

地稽古はあと二本。こうやって一日一日消化していくことに、意味があるのか。ゴールの見えない世界をいつまでも支え続けることは、もうできない。

塚本はへたりこむように正座する。目の前で蹲踞している後輩が、動こうとしない塚本を不思議そうに見つめていた。

――もう限界。

さっきの坂部への叱咤激励で、気力のリザーバーがすっからかんになったのを感じた。急き立てるように、地稽古開始のホイッスルが鳴る。

塚本は立ち上がれなかった。このまま倒れてしまいたい、と投げ遣りな気持ちになる。

その時、薄暗い道場に、一条の光が差しこんだ。

塚本は光に、顔を向けた。

朝の光を背負った人影が現れた。塚本は目を細めて凝視する。

「塚本、わりい。待たせたな」

影が言った。塚本は立ち上がる。蹲踞している後輩を押しのけ、影に言う。

「遅すぎるわ。何をぐずぐずしてたのよ」

塚本が影の肩を突く。影は陽射しの中で反転し、清川吾郎の横顔が現れる。

「ちょっと特訓に時間がかかっちゃってね」

清川は道着姿に防具袋を下げていた。部員が、清川の回りに集まる。ひとりひとりの顔を見回し、清川は大きく伸びをした。

「ぼくの留守中もサボらずに稽古していたみたいだね。感心感心」

「当たり前だ。一番のサボリ魔が休んでいたんだ。他に誰がサボるんだよ」

坂部が言うと、清川は笑う。

「だからお前たちはダメなんだよ。主将が休みの時くらい率先してサボらないと、先の長い人生、とてもじゃないけど身が保たないぞ」

塚本が呆れ顔で清川を見つめる。部員を見回し、声をあげる。

「サボリ魔の主将が復帰したからって、あんたたちがサボっていいわけじゃないわよ。各自、稽古に戻りなさい」

清川は塚本の背に声を掛ける。

「主将代行に敬意を表し、まず一番に修業の成果を見てもらおうか」

塚本は振り返り、言い放つ。

「あたしを叩きのめせなければ、主将の座は返さないからね」

「それでもいいけどね。いや、その方がラクかもな」

「いい加減にしなさい。怒るわよ」

清川は笑い、正座して面を着け始める。塚本は清川の身支度姿を見つめ、呟く。

——おかえり。

道場の床を、朝日が仄かに赤く染め上げていた。

塚本は、清川の変化にとまどっていた。もともとふたりの実力差は歴然としていた。勝負をすれば敵(かな)いっこない、だが以前の稽古では、少し手を伸ばせば面に届くという感じはしたし、実際十本に一本は面に届いていた。

だが、今の清川は別人だ。面を打ちこもうとする意欲さえ起こらない。

そもそも、目の前にいるのは本当に清川なのか。

——どこかで感じたわ、この感じ。

塚本の視野の片隅で、朝比奈の白い道着がゆらゆら揺れている。

——そうだ、朝比奈と手合わせする時の感じと同じなんだわ。

気を取られた一瞬、清川の竹刀が伸び、塚本の小手を斬り落とした。

ホイッスル。礼をしながら、清川が塚本に話しかける。

「主将代行、どうだった？　主将の座は返してもらえるかな」

塚本の胸はいっぱいになる。声の震えを懸命に押し隠し、そっけなく答える。

「当たり前でしょ。バカなこと言ってないで、さっさと指揮を執りなさい」

清川は一瞬、深い目をした。それから振り返って、号令を掛ける。

「地稽古、ラスト一本。気合いを入れていけ」

おお、と一斉に返事が返ってきた。熱気が道場にあふれた。

清川の前に、白い道着姿の朝比奈が佇む。清川は言う。

「朝比奈、一本やろう」

朝比奈ひかりはうなずいた。


——一体何なの、この人。

朝比奈はとまどった。おジイが稽古をつけたんだから、どういう剣になるかはだいたい予想していたが、清川は予想を超え、ただぼんやりと目の前にいた。

——面が、遠い。

おジイ相手でもこんな感じはしない。おジイの面は距離を測れる。距離を縮めようとすればできそうな気がする。だが清川の面は、絶対に届かない感じがした。

正確に言えば、距離を計測する行為を拒否されている、そんな感じだ。

「やあ」と朝比奈は高く澄んだ声で気合いを発した。

掛け声に誘われたように、清川の剣先が無邪気に伸びてくる。過去の航跡と未来の軌跡が重なって、朝比奈の脳裏に双曲線を描く。双曲線の終点から身体を外す。二重螺旋(らせん)の輝線がするすると延び、安全地帯に避難しようとする朝比奈の未来の虚像に絡みつく。朝比奈は後ろに飛びずさる。

絡みつく未来の光を断ち切り、圏外へ脱出成功。ほっとした次の瞬間、突然、暴発銃のような轟音(ごうおん)に襲われる。

——なに、どうしたの？

清川の剣が光の矢になって、朝比奈に殺到していた。

——やられる。

朝比奈は思わず打って出た。自分の竹刀の航跡が見える。だがそこに未来図はない。過去の航跡と殺到する清川の剣がふたりの間合いの中心で衝突した。

互いに互いの剣をはじき合い、清川の竹刀は朝比奈の右肩を、朝比奈の打突は清川の右肩を、相似形のように同時に打ち据える。

体当たり。がちり、とぶつかった面金の奥で、清川の目が笑う。

「はは。やっとつかまえたぞ、朝比奈」

——一刀流の極意、切り落とし。

おジイから教わった、他流儀の極意の名称が脳裏をよぎった。

稽古が終わり解散すると、部員たちは一斉に清川を取り囲む。

主務の坂部が言う。

「髪はぼさぼさ、髭は伸ばし放題。シティボーイがどうしちゃったんだよ」

清川はちらりと朝比奈をながめて、言う。

「鬼にしごかれ、身なりをかまうどころじゃなかったんだよね」

「鬼って誰だ？」

坂部の問いを、清川は笑顔でやりすごそうとしたが、途中で気が変わった。

「朝比奈のおジイさん、さ」

「ふうん、サボらなかったんだ」

塚本が雑ぜ返すように言うと、清川は笑う。

「サボれないさ。と言っても稽古は一日に十分しかつけてもらえなかったけど」

「一日たった十分？　他の時間は何をやっていたのよ」

「庭掃除とか道場の雑巾掛けとか、仏像を磨いたりとか、いろいろ雑用を、ね」

「あんたの話を聞いてると、掃除ばかりしてたんじゃない」

塚本の言葉に清川はぼんやりと天井を見つめる。それから手を打つ。

「本当だ。ちくしょう、あのクソジジイ」

「そんなことにも気づかなかったの？」

「全然気がつかなかったなあ。一日十分、おジイと対峙するだけでへとへとさ。他の時間は、どうやったらおジイの剣から逃れることができるか、おジイの面に自分の剣を届かせることができるか、そればかり考えていた。結局おジイの剣からは逃れられなかったけど、何とかおジイの面に届くようになったから免許皆伝、山を下りる許可をもらえた。そしたら正月が終わってたんだ」

朝比奈の目が、大きく見開かれる。

――おジイの面に、届いた？

塚本が言う。

「ずぼらなんだから。三ヵ月以上も授業をサボったら、留年ものよ」

「その点は同期の坂部君の友情に厚く感謝する。代返、ご苦労だった」

「バカやろう。毎回声音を変えてごまかすのは大変だったんだぞ」

坂部は清川の頭をはたいた。道場に笑い声があふれた。

散会したあと、朝比奈が清川の正面に座った。

「あの、おジイの面に届くようになったって、本当ですか？」

「ああ、何とかね。まだ十本中一本くらいだけど」

朝比奈は唇を噛む。自分はまだ一度も届いたことがない。

「清川主将、もう一本、お願いします」

「いや、やめておこう」

「なぜですか」

朝比奈が気色ばんで尋ねる。

「さっきは相打ちで、決着はついていません。きっちりカタをつけましょう」

「それはできない。おジイに言いつけられている。ひかりと稽古をしていいのは復帰したその日の一度きり、以後はまかりならん、だそうだ」

「どうして……？」

「理由は教えてくれなかった。だけど剣を交えたら朝比奈にもわかっただろ？」

「え？　ちっともわかりません」

朝比奈が詰め寄る。清川は腕組みをほどいて言う。

「ぼくたちは同じものであり、そして正反対の存在でもある。そのふたつが衝突すると、たぶん世界は閉ざされてしまう」

「何言っているんですか？」

清川は遠い目をした。天井を見上げた。視線を朝比奈に戻し、にっと笑う。

「ああ、今のはナシナシ。久しぶりに都会の空気を吸って、少し酔ったかな」

ふざけた口調だったが、目の奥は笑ってはいない。

「どっちにしろぼくたちが闘う必要はない。ぼくたちが倒すのは、他の大学のヤツらだ。もしもお前が誰かにやられたら、その時はぼくがそいつをやっつけるさ」

清川を見つめた朝比奈は、ぽつんと言う。

「何だか、上から目線のお言葉で、ムカつきます」

「そんなことないさ。ぼくは年長者を敬うからね」

「何を言っているんです。清川主将の方があたしより年上じゃないですか」

「そうじゃなくて、朝比奈はぼくの姉弟子だから」

朝比奈は何も言い返せなかった。清川は腕組みをして目を閉じる。

端然と座る清川に白く輝く朝陽が降り注ぐ。脳裏に燃えるような緋胴が浮かぶ。

速水との対決が近づいている。そんな予感がする。

# 第十三章
# 竿頭一歩

桜宮・東城大　春

前園との凄絶な立ち切り稽古を行なって以降、高階顧問は毎日のように稽古をつけてくれるようになった。稽古は激しかった。

そんな中、前園は、国家試験前の寒稽古に全回出席という、東城大医学部剣道部史上、初の快挙を成し遂げた。帝華大の阿修羅、高階顧問も寒稽古に皆勤したが、ふたりの稽古は日に日に激しさを増していった。

まるで二匹の獣が互いに喰い殺し合うかのようだった。高階顧問の剣は前園の面を打ち据え、小手を斬り捨てる。前園はぼろぼろになりながら打ちかかっていく。前園に引きずられ、他の部員も高階顧問に斬りかかる。

東城大医学部剣道部員はこうして、創部以来初めて本物の顧問を手にしたのだ。

主将の速水も高階顧問に叩きのめされ、稽古が終わる頃には竹刀を持ち上げる力さえ残っていない。だが翌日、涼しい顔で高階顧問が上座に座っているのを見ると、その面を打ち据えたいという欲望が湧き上がる。

そうしているうち、いよいよ前園も国家試験の勉強に集中するようになり、ついに稽古に出てこなくなった。速水たちは、春合宿の準備を始める。

春が近いある日、前園が青ざめた顔で道場を訪れた。

高階顧問とぼそぼそ話をしている。

「膠原病(こうげんびょう)の出題比率が意外に高くて。ちょっと危ないかもしれません」

「困ったね。佐伯総合外科も人材難で、君が入局してくれないと少々まずい」

「がんばります。といっても国家試験は終わってしまったので、もうどうしようもないんですけど」

「落第しちゃえ」と清川志郎が小声で言う。

前園が志郎をにらむと、志郎は首をすくめる。

高階顧問はのんびりと言う。

「合格不合格は時の運。あとは天に任せればいいさ」

「そんな。ひとごとみたいに」

高階顧問は不思議そうに言う。

「当たり前だろう。正真正銘ひとごとだもの」

「ひどい顧問だなあ」

前園が肩を落とすと、高階顧問は続ける。

「合格したら是非、わが佐伯総合外科学教室へどうぞ」

「そのつもりだったんですけど、先生のお話を伺っていたら、ちょっとイヤになってきました」

「それは大変だ。何かあったのかい？」

まるっきり嚙み合わない師弟の会話は、稽古をしている者に丸聞こえで、部員たちは笑いをこらえるのに苦労していた。

時が流れて、ふたたび春。

速水は再び、道場に吹き込むさくらの花びらを打ち据えようとしている。

前園の卒業後、速水と高階顧問の稽古はいよいよ殺気立ってきていた。

「そんなぬるい打突じゃ、帝華大の清川君の足元にも及ばないぞ」

高階顧問の声が、道場に響きわたる。

「何の、まだまだ」と怒号を発し、速水は高階顧問に打ちかかる。

ひらりとかわし、高階顧問は前のめりになった速水の面を打つ。足を掛けてすっ転ばす。下から体当たりで突き上げる。速水の身体は床に転がる。

喉元に竹刀の剣先が突きつけられる。ひっくり返された亀のように、身動きが取れなくなる速水を、高階顧問は見下ろす。

言葉と裏腹に身じろぎひとつできない。肩で息をし、高階顧問をにらみつける。

「まだまだ」

「ここまでか」

黙想後、汗をぬぐいながら、高階顧問は言った。

「速水君は気概は申し分ないんだが、あと一歩、何かが足りないんだ」

「今年は俺は負けられないんです」

「ウチが医鷲旗の主管校だから、かい？」

速水はうなずく。高階顧問が速水の肩をたたいて言う。

「気持ちはわかるが、そういう考えが君の伸びを止めている理由かもしれないな。君は責任感が強すぎるんだ。少しは帝華大の清川君を見習うといい。あそこまで野放図に無責任だと、見ていてかえって気持ちがいい」

道具の後かたづけをしていた弟の志郎の背中がぴくり、と動く。兄貴に対する意識は、金輪際変わらないのだろうな、と思いつつ、速水は訊ねる。

「責任を果たしたいという気持ちが、なぜ伸びを止めるんですか？」

「確かに今の速水君にはわからないだろうね。それなら、こう言えばわかるかな。人は誰でも死ぬ」

「それは、わかります」

「じゃあ、ちっちゃな剣道大会の勝ち負けなんて、どうだっていいじゃないか。どうせいつかは死ぬんだから」

「でも、どうせ死ぬなら、せめて剣道の試合は勝ちたいです」

「言われてみれば、それも一理あるな」

腕組みをした高階顧問は黙り込む。道場の窓から、柔らかい陽射しが差しこんでくる。やがて、高階顧問が言う。

「速水君の気持ちはわかった。それなら短期間で何とかする手はあるが」

「是非、御教示をお願いします」と速水は頭を下げる。

「では速水君に極意を伝えよう。ただし時間がないので少し無茶をする。ヘタするとすべてが滅茶苦茶になるかもしれないが……。それでもいいかな」

速水は一瞬躊躇(ためら)う。だが脳裏に清川吾郎の能天気な笑顔が浮かんだ。その残像を振り払うように、決然と答える。

「お願いします。極意って何ですか？」

「一刀流の奥義、切り落としです。明朝、説明しよう。朝五時、道場に来なさい」

速水はうなずいた。

翌朝。五時少し前に道場に行くと、着替えを終えた高階顧問は既に上座に正座していた。速水は急いで着替え室に入る。

身支度を整えて道場に戻ると、高階顧問は正座したまま言った。

「速水君、そこに座りなさい」

速水は正座する。ふと見ると、高階顧問の前には竹刀の他にもう一本、日本刀が並べられていた。まさか、真剣？

「もっと前に」と言われるまま、にじり寄る。高階顧問は、竹刀を取り上げる。

「私たちが普段稽古で使う竹刀の断面は、このように丸い。だから本来刃筋はない。極端な話、弦がなければ峰打ちとそうでない打突の区別すらつかない」

高階顧問は、鞘(さや)に収められた真剣をすらりと抜く。

「一方、日本刀は平たい。これは居合い用で刃引きしてあるが、刃がついている真剣でも、切離面を立てないと斬れない。これを刃筋を立てるという」

「竹刀でも、刃筋の立っていない打突は一本になりませんよね」

「そのとおり。だが丸い竹刀では、刃筋を立てるという意識がぬるくなる。日本刀は平たいが、よく見ると側面が微かに盛り上がっている。これを鎬(しのぎ)、という」

「鎬を削る、という成句の語源ですね」

うなずいた高階顧問は刀身に目を細めて、言う。

「それこそが一刀流の極意だ。相手の打突を鎬で削り、切り落とすんだ」

速水もわずかな盛り上がりである鎬に目を凝らした。

高階顧問は、さて、と語調を変えた。

「これから三ヵ月、君にはこの真剣を左腕一本だけで振ってもらう。以後、竹刀での稽古は禁止する」

「百日も稽古をしてはいけないんですか？　それじゃチームは強くなれません」

「今のまま、速水君が中途半端にチームを率いたところで、帝華大の足元にも及ばない。これは弱者が強者を破るための一か八かのバクチなんだ」

高階顧問はうっすら笑う。

「そんなに実力差があるんですか、清川と俺の間には？」

傷つけられたプライドを胸に抱き、速水は尋ねる。

「剣の実力差はない。メンタリティの違いだね。速水君の責任感は立派だ。だが、君は剣道部をやめようとか、主将の座を下りようと思ったことはないだろう？」

「考えたこともありません」

「そこが君と清川君との違いだ。彼はイヤだと思ったら、平気で部活をやめようとするし、主将の座だって投げ出してしまう。無責任な分、自由度が高い。そんな彼を周囲がサポートしようと決意したチームは、速水君のように責任感あふれる主将が率いるチームよりも強い。志郎君の話では、今年の帝華大はそんなチームに仕上がってしまったらしい。このままでは夏の大会は惨敗するだろう」

「そんなバカな」

「簡単な理屈さ。帝華大は清川君なしでもチームが強くなるように機能している。他のメンバーは清川君を当てにしていない。そこに自分が強くなることだけを考えた清川君が復帰した。つまりチームも清川君も一枚、格を上げた。一方速水君は、自分より実力が劣るメンバーの底上げに夢中で、自分の技量の向上は二の次。チームの面々は、速水君におんぶにだっこ。そんなチームが激突すれば、勝敗は火を見るよりも明らかだろう？」

容赦ない高階顧問の言葉に打ちのめされ、言葉を喪った速水はぽつりと尋ねる。

「それじゃあ俺はどうすればいいんですか？」

「言っただろう。稽古から外れ、自分を強くすることに専念すればいい」

「残されたチームのメンバーはどうすればいいんですか」

「彼らなりに、自分で考えろ、と突き放したい気もするが、一応顧問だから、ヒントをあげよう。速水君の次に強い人間に率いてもらえばいいんだ」

「俺の次？　小谷にはまだ、チームを率いることは難しいかと」

だから自分が主将を二期務めることになったんだぞ、と速水は思う。

「誰が小谷君だと言った？　私は、速水君の次に強い人間、と言ったんだが。それは果たして小谷君なのかな？　もう一度よく考えてみたまえ」

速水は高階顧問の言葉を反復する。しばらく考え、愕然とする。

「ま、まさか……」

「誰の顔が浮かんだ？」

「……清川志郎」

「そのとおり。わかってるじゃないか」

「無理です。そんなこと」

「どうして？　勝つためには何でもやるつもりだったんだろう？」

「先輩をさしおいて新二年生に主将代行をさせるなんてことをしたら、東城大剣道部の伝統は滅茶苦茶になってしまいます」

高階顧問は腕組みをして、言う。

「その程度で滅茶苦茶になってしまうような、ヤワな剣道部なのかい？」

「ですが、ものごとには序列というものが……」

「強さを序列の基準にして何が悪い。君たちは強くなりたいんだろう？」

速水は考えこむ。そこまでして俺は勝ちたいのか。高階顧問が言う。

「即答できない、それが君の限界だ。速水君は今、そこまでして勝つことに意味があるのか、と思っただろう。その答えを教えてあげよう。そのとおり、意味はある。あるいはこう言った方がいいかな。そこまでして勝ちたいと思うヤツがいたら、そうでないヤツはそいつの前に膝を屈するしかないんだよ」

朝陽が道場に差しこむ。窓硝子が鳴り、さくらの花びらがひとひら、滑りこんできた。その花びらが円を描き、速水の膝の上に舞い下りる。

速水は春の香りを胸一杯に吸い込むと、顔を上げた。

「わかりました。御指導に従います」

高階顧問からは、間をおかずにさらに難題が突きつけられる。

「結構。ではもうひとつ。速水君がチームを離脱し、自分ひとりの修業に入ること、それからその間の主将代行を清川志郎君に頼むこと、このふたつを速水君が自分で決めたこととして、他の部員に納得させること」

「そんな」

速水は絶句した。高階顧問は速水の顔を覗きこむ。

「じゃあ、部員にはどう説明するつもりだったんだ？　まさか、私に指示されたから、なんて言うつもりだったんじゃないだろうね。そんな甘ったれた根性で、てっぺんを取れるなんて思っていたのか、君は」

速水は、高階の言葉に打ちのめされ、しばらく動けなかった。

やがて高階顧問の前に置かれた真剣に手を伸ばす。鞘を摑み、突きつける。

「この剣、お借りします。不肖速水晃一、これより自分の研鑽だけ目指します」

「それでよし」と高階顧問はうなずく。

「では、稽古のメニューを伝える。この真剣、左腕一本で一日素振り一万本。その時、意識することはふたつ。ひとつ目は振り下ろす時に刃筋を立てること。ふたつ目は、素振りの際、相手の打突を鎬で叩き落とすイメージを持つこと」

速水はうなずく。

「俺はこれから御指導に従い、一心不乱に修業します。ですが、ひとつだけ教えてください。本当に素振りだけで切り落としの極意が身につくのですか」

「つきます。すべてはイメージと手足の動きが一致すれば修業は完了する」

即答した高階顧問は速水の目の奥底を覗きこんで、言う。

「委細かまわず、森羅万象をぶった斬れ」

◇

夕方の稽古後、部員を集合させた速水は、部を離れ修業に専念すると伝えた。

「ええ？　そんなバカな」

案の定、部員から一斉にブーイングが起こった。まっさきに口を開いたのは、清川志郎だった。

「速水先輩、先輩はこの時期にチームを見捨てるんですか？　自分さえよければいいんですか？　それじゃあ、アイツとちっとも変わらないじゃないですか」

速水は腕組みをして目を閉じる。そのとおりだよ、志郎。勝つために俺は、お前の兄貴と同じことをしようとしている。俺らしくないが、それは俺が自分の限界を突破するためにどうしても必要なことなんだ。

「高階顧問は、どうお考えなのですか」とうめくように小谷が尋ねる。

一瞬、すべてを話してしまいたいと思った。だが速水は答えた。

「高階顧問がどう考えようが、関係ない。俺自身が最善だと判断したことだ」

「速水主将が離れたチームは誰が率いればいいんすか？」と河井が質問する。

速水は、メンバーひとりひとりの顔を見つめる。最後に神棚の「明鏡止水」という額に目を遣りながら、言う。

「主将代行は、志郎、お前だ」

速水の言葉に、座が静まり返った。

志郎ががたりと立ち上がった。

「そんなことできません。一年生ですよ、僕は」

速水は、志郎の目を覗きこむ。

「本当にできないのか？」と問われた志郎は視線を逸らし、うつむく。

神経が時の秒針に削り取られていく。

重苦しい空気を振り払い、河井が立ち上がる。

「おい、志郎。ここまでコケにされて、いつまで黙っているつもりだ」

志郎は、驚いたように河井を見る。

「今のお前には速水先輩に次ぐ実力がある。そして今、速水先輩は自分の実力向上だけを考えてチームを見捨てた。しかもその後始末をお前にさせようとしている。志郎、お前はナメられている。いや、お前だけじゃない、俺たち全員が、だ」

河井は志郎から速水に視線を移す。

「速水先輩は、俺たちを指導していてはお前の兄貴に勝てないと考えた。だから俺たちを切り捨てた。俺たちにも意地がある。医鷲旗大会までは速水先輩の提案に乗る。その代わり三ヵ月後、速水先輩がレギュラーに戻れる保証はない。速水先輩を補欠に叩き落としてやろうぜ、志郎」

「でも……」とうつむく志郎に、副主将の小谷も続いて立ち上がる。

「志郎、上級生に遠慮をするな。そりゃあ俺だって腹は立つ。だけど速水先輩は俺たちをそんな風に見ているわけだし、それを否定できないのも確かだ。河井のいうとおり、夏には速水先輩を補欠にしようぜ。そのためには、俺たちの中では一番実力があるお前が指揮を執るのが一番いい」

小谷はそのまま、速水に言う。

「速水先輩、これでいいんですよね。明日から俺は副主将として、主将代行を補佐しますので」

速水はうなずいて立ち上がる。ひとり、道場を後にする。

見上げると、青空にさくらの花びらが舞っている。

――とうとう、ひとりぼっちになっちまったな。

春の陽射しは驚くほど明るく、光の中、速水は歩き出す。

多くの感情を切り捨てた哀しみと、びっくりするほど身軽になった身体の感覚がぶつかり合い、身体の奥深いところで不協和音を奏でている。

春という季節は、苦い味がする。

速水は眩しい光の中で一瞬戸惑い、立ちすくんだ。

# 第十四章 遠雷驟雨

## 桜宮・東城大 夏

さくらの花びらが舞い散る四月。東城大学医学部も新年度を迎えた。

春合宿を経て入学式当日、恒例の各部の新入部員争奪戦が行なわれた。

剣道部には新一年生がふたり入った。即戦力がひとり、初心者がひとり。即戦力の新一年生、花村大樹は中学、高校と剣道部でレギュラーだった逸材だ。もうひとりは高田信夫。剣道は初心者で、中学校の頃卓球を半年ほどやったことがあるという程度だった。だが昨年に引き続き剣道部にとっては豊漁だった。

他の部は部員確保が思うようにいかず、どこも浮かない表情だった。

この年から医学部新入生の定員が削減され、それまで百二十人だった学生は、百人に減らされた。これは『医療費亡国論』なる一官僚の論文から導き出された方針転換だが、希望に胸を膨らませ入学してきた新入生も、ひとりでも多くの部員を確保しようと励む在校生たちも、誰もそんなことは思いもしなかった。

さくらの花は年月を越え、毎年同じように咲き、そして散っている。

雷鳴と共に梅雨が明けた。

東城大学医学部剣道部では主将代行・清川志郎の下、稽古に励んでいた。

レギュラー陣には変動が見られた。

新入生の花村が新たにレギュラーの座を確保した。高校時代に二段を取っていた花村は、即戦力としての期待に応えた。剣筋は泥臭いところがあるが、他の部員にはない、勝負に対する執念があった。そんな新人花村の様子を、去年の新人の清川志郎は、複雑な表情で見守っていた。

同じ頃、桜宮市の外れの城址（じょうし）で早朝と夕暮れ、真剣で素振りをしている道着姿の若者を見かける、というウワサが広がった。剣道部の面々は、そのウワサについては誰も口にせず、真偽を確かめようともしなかった。

東城大は医鷲旗の主管校なので、新学期以降、例年よりもはるかに多忙な日々が続いた。それでも大会主管の雑務は、主務の鈴木が初心者新入生の高田を手足のように使い、準備万端整いつつあった。

稽古では、主将代行の清川志郎が道場に君臨していた。速水不在の影響は薄かった。実際、速水がいなくても東城大学は立派なオーダーが組めた。副主将の小谷は、ベスト8以上は確実だという手応えを感じていた。

それは例年の東城大学医学部剣道部の定位置でもあった。

長らく不在だった主将・速水が久しぶりに道場に顔を見せたのは、大会まで二週間を切った。そんなある夏の夕方のことだった。

◇

医鷲旗大会の事務打ち合わせに参加した部員が、道場に戻ってきた。

「鈴木がいなかったらと思うと、ぞっとするぜ」と副主将の小谷が笑顔で言う。

大会実行責任者の大役に就いた主務の鈴木が答える。

「俺も高田がいなかったら沈没してました。レギュラーメンバーは、こういう仕事には全然使えないからなあ」

レギュラー陣は苦笑し、高田が頭をかいて照れた。花村が口を尖らせる。

「先輩、俺は俺は？」

「お前が一番使えないんだよ」と鈴木は即座に言う。

大笑いしながら道場の引き戸を開けた一同は一瞬、動きを止める。

道着姿の速水が端然と座っていた。傍らに竹刀と日本刀が並べて置かれている。

志郎が目礼するが、腕組みをして半眼の速水は無言だ。

途方に暮れた表情の志郎は、部員を振り返る。

「時間を過ぎてる。すぐ稽古を始めるぞ」

部員は着替え室に急ぐ。一年生の花村と高田が、ちらちらと速水を振り返る。

基本稽古が終わり、地稽古に入った。一年生エースの花村が、副主将の小谷に打ちかかる。花村の竹刀が小谷の面を捉えた。駆け抜けた花村の残心に、得意げな気配が漂う。太鼓のバチを手にした志郎が声をあげる。

「気が散っているぞ。そんなんで医鷲旗を取れるか。気合いを入れ直せ」

志郎はちらりと速水を横目で眺める。そして太鼓を打ち鳴らす。

「地稽古ラスト三本」

速水は悠然と腕を組んだまま、微動だにしなかった。

小谷との地稽古を終えた花村が、竹刀で速水を指しながら言う。

「この人、誰なんです？　座っていられると気が散って仕方ないんですけど」

「花村、言葉を控えろ。この人は主将の速水先輩だぞ」と小谷が言う。

「ああ、この人ですか、主将を投げ出した無責任な先輩っていうのは。先輩方、はっきり言ってあげて下さい。あんたがいなくても、うちは医鷲旗を獲れるって」

花村が挑発的に言うと、河井があわてて「バカ、黙れ」とたしなめる。

速水は腕組みを解いて言う。

「なかなか元気のいい新入生だな。頼もしいよ」

「偉そうな口を利くな。あんたに主将を名乗る資格なんてないぞ。一番大切な時期にチームを見捨てたんだから。今さらのこのこ戻ってきて、レギュラーになろうだなんて、ムシがよすぎるぞ」

速水は眼を閉じ、口の端で微かに笑う。

黙ってその様子を見つめていた主将代行の清川志郎が、ひとこと言う。

「言葉が過ぎるぞ、花村」

志郎の語調の強さに一瞬ひるんだ花村は、不満げに黙りこむ。

「叱らなくていいさ。その新入生の言うとおりなんだから。志郎、長い間ご苦労だった。迷惑をかけたな」

小谷副主将が尋ねた。

「速水先輩、いままでどこで何をされていたんですか」

「毎日、左腕一本で真剣の素振りをしていた」

「それだけ、ですか？」と河井が驚いて尋ねると、速水はうなずく。

「ああ、それだけだ」

一年生エースの花村が露骨に、そんなことで試合に勝てるのか、と言いたげな表情になる。小谷は速水の右腕に幾筋か赤黒い傷があるのに気づく。

「その傷は、どうしたんですか？」

速水は腕をまくり、赤黒い傷を陽にさらして言う。

「真剣での片手素振りは、気を抜くと自分を傷つけてしまうんだよ」

河井と小谷、主将代行の志郎は顔を見合わせる。

「これからどうなさるおつもりですか」

副主将の小谷が訊ねると、速水は言う。

「それは主将代行に決めてもらう」

突然指名された志郎は一瞬途方に暮れる表情になった。だが即座に言い放つ。

「それなら簡単です。現在、五人のレギュラー枠は埋まっています。速水主将が試合に出たいなら、誰かを破っていただかないと」

「その相手、俺がやります。レギュラー陣の一番下っ端は俺っすから」

敵意を剝き出しにした花村が、威勢良く声をあげた。速水は首を横に振る。

「いや、それはやめておこう。意気込みは買うが、イキのいい坊やほど鼻っ柱を折られると使い物にならなくなる。それではチームが困ってしまう」

速水の言葉に、花村はむっとした表情を隠そうともしない。

「ふん、弱い犬ほどよく吠えやがる」

花村の捨て台詞は無視して、速水は志郎を見つめた。

「面倒なことはせず、てっぺんを取らしてもらう。俺の相手は志郎、お前だ」

速水の直視に、志郎はごくりと唾を呑む。速水は淡々と続ける。

「お前が勝ったら俺はお前の指示に従う。俺を使おうが使うまいが勝手、稽古も言われたままする。その代わり俺が勝ったら、好きにさせてもらう。大会まで俺は一切、部で稽古はしない。それを含みおいてくれ」

志郎は険しい表情になる。押し殺した声で言う。

「三ヵ月前、俺たちは速水先輩のわがままを受け入れた。ようやく戻ってきたと思ったら、またしてもわがまま三昧……」

志郎の眼が蒼く光る。

「そういうことなら先輩も後輩もない。もう、遠慮はしません」

「おお、遠慮する必要はないさ。俺のわがままを許せないのなら勝てばいい」

速水の言葉に、志郎の顔が徐々に赤くなっていく。部員たちの反感と怒りが渦巻く中、速水はひとり悠然と面を着け始めた。

窓の外が急に暗くなる。冷ややかな風が吹き抜けた次の瞬間、稲妻が走る。窓ガラスが鳴る。道場の空気は重い。

速水が言う。「一本勝負でいいな」

「おう」志郎が即答する。太鼓の音。ふたりの気合いが道場に満ちる。

得意の速攻で打ち据えようと志郎が斬りこもうとした時、風圧を感じたじろぐ。

あわてて距離を取り、気合いを入れ直す。

——何だ、今のは。

志郎は真正面から圧力をかける。剣先を滑りこませ、中心線をあっさり奪う。

そのまま打ちかかろうとした志郎の背に電流が走る。

飛び退く志郎。深呼吸をして、気を取り直す。

——じゃあ、左斜めから。

斬りかかろうとするきっかけすら摑めない。とうに打突の間合いに入っているのに速水の構えは揺らがない。志郎の中の勝利への確信が、徐々に崩れていく。

稲妻が光り、それを追うように雷鳴が響いている。

速水は面金の奥から、志郎の姿をぼんやり眺めていた。

——誰か相手を前にして剣を振るうのは、久しぶりだな。

気ぜわしく動く志郎の剣先を眺めるともなく眺めていると、真剣を持ち、ひとりで素振りを始めた頃のことを思い出す。

郊外にある城址で、左腕一本で真剣を振った日々。

振り切れず幾度、自分の右腕や足を斬りつけてしまったことか。

刃引きしてある、という高階顧問の言葉は嘘だった。

城址で素振りをしていると、さくらの花びらがひらり、と舞い下りてくる。

今、志郎の剣先の様子が、花びらの散り際を思い出させた。

真剣素振り、一日一万本。

一本一本の剣を振るうたび、宿敵・清川吾郎の姿を浮かべ、その残像を斬り捨てた。そんなひとり稽古に励んで今日でちょうど百日目。

果たして成果はありや、なしや。

——そうすれば強くなれると言われたけれど、それが本当かどうかなんて、誰にもわからない。所詮はあのタヌキ親父の言ったたわごとだな。

自分が強くなったという実感は、全くない。ただ、素振り稽古の日々を経て稽古場に立つと、以前と違うことがひとつあった。

自分が手にしているのは真剣だ、という実感だった。

速水の静かな足捌きが、志郎を道場の片隅に追いつめていく。

志郎は冷や汗を流し、懸命に速水の圧力をかわし続ける。

速水の声が響く。

「どうした。打ってこなければ、こちらから行くぞ」

志郎は心の中でグチる。仕方ないだろ、打ちこむ隙がないんだから。

志郎の耳に、しょうがないな、という呟き声が聞こえた。

速水の身体が急に大きく見えた。ぐわっと伸びた次の瞬間、剣先が志郎の喉を突き破っていた。

——さくらの花びらは斬るのではない。突くのです。

ひとり素振りの稽古を始める前に、高階顧問がたったひとこと、指導してくれた言葉が速水の脳裏をよぎった。

窓の外は、夕立ちになっていた。

# 第十五章　ヒーロー

東京・帝華大　夏

「本日の稽古はこれまで」

稽古の終わりを告げるぼくの声が道場に響く。最後の号令はいつもすがすがしい。地稽古の最中に雷鳴が聞こえ、後を追い夕立ちが道場の屋根を叩いた。

道場の扉を開け放つ。夕立ちはとうに止んで、しっとりした空気が肌になじむ。夏の夕は、稽古を終えても外は明るい。

まったく、大したもんだ、とぼくは呟いてみる。帝華大剣道部の仕上がりは順調だ。新一年生の即戦力をひとりゲットして、チーム全体の実力も底上げされ、今や押しも押されもせぬ優勝候補の一角と目されている。

それにしてもどうして、こんないいかげんな主将の下で、こんなストイックなチームが完成してしまったんだろう。

人生ってやつは、さっぱりわけがわからない。

道場の床に寝そべって薄青い空を眺めていると、下級生がやってきた。

「あの、清川主将にお客さまが……」

「ふうん、誰？」

「知らない方です。何でも高階先生とか」

跳ね起きると、ぼくは道場入口に佇む影に駆け寄った。

左手に畳んだ傘を持ったネクタイ姿の高階先生は、ぼくを見て笑顔になる。

「がんばっているようだね。気が充実しているのがわかるよ」

「高階先生に手放しで褒められるなんて、うす気味わるいですね」

「相変わらず素直じゃないね、清川君は」と高階先生は肩をすくめる。

「ところで、こんな微妙な時期にわが母校に顔出しされるとは、何か魂胆でもあるんですか？」

「所用でついでに立ち寄ったんだけど、いけなかったかな？」

「いけなかありませんけど……」

高階先生はにやにや笑う。

「相変わらずスレてるなあ。少しでいいから、そういうところを速水君に分けてあげてくれるといいんだがなあ」

「そうそう、それで思い出しましたけど、弟がお世話になっているようで……」

高階先生はうなずく。

「弟クンは立派になった。この春から主将代行になって、たくましくなったよ」

「主将代行？　志郎のヤツが？」と思わずぼくの声が高くなる。

「速水のヤツ、怪我か何かしたんですか？」

一瞬、胸の鼓動が速まる。高階先生は、傘を振って水を切る。

「どうということないさ。ひとりで修業をしているらしい」

「ひとりで修業？　あの速水が？　主将を志郎に押しつけて？」

バカにするな。誰がダマされるか、そんなブラフ。

「……あり得ないですね」

高階先生はうっすらと笑う。

「信じる、信じないは勝手だけど、清川君の疑ぐり深さには敬意を表するよ」

「そういえば去年は、夏の大会まで速水に稽古をつけないという約束を守って下さったそうですね。驚きました。高階先生は一体何を考えているんですか？」

「その言い方はひどいなあ。私は君との約束を守っただけなのに」

「まったくおっしゃるとおり。確かに言い過ぎました。申し訳ありません」

ぼくは笑って、素直に謝る。そして今一番の関心事を、照れのオブラートでくるんでぶつけてみる。

「速水の調子はどうです？　こんな風に訊ねると、スパイみたいですけど」

「清川君との対決に向け、仕上がりは上々のようだよ。直接は知らないけどね」

ウソだ。秋期合宿から毎日激しい稽古をつけているという話は、正月帰省した志郎から聞いている。もっとも今のぼくに高階先生を責める資格はないんだけど。

ぼくの目の隅に、駆け寄ってきた白い道着の朝比奈の姿が映った。

「主将、塚本先輩が、今日中にこの書類に目を通して下さい、とのことです」

「ちぇっ。そんなの坂部に頼めよな」

ぼくは書類を受け取る。朝比奈は高階先生をちらりと見ると会釈し、軽やかに走り去る。華奢な後ろ姿を目で追いながら、高階先生が言う。

「今のが朝比奈さん、だね」

書類をめくりながらぼくがうなずくと、高階先生は、ぼんやりと呟く。

「今年もあの娘を速水君にぶつけるつもりなのかなあ」

「その確率は高いですね。勝ち星ひとつは確実ですから」

ひとりごとに返事がくると思っていなかったのか、高階先生は言う。

「あの身のこなしはただ者じゃない。速水君も少し苦戦しそうだね」

少し苦戦だって？　朝比奈に対抗できるヤツなんて、医鷲旗の選手の中にはいるものか、とぼくは心中で呟く。

「そう言えば耳よりの情報があってね。実は先日、速水君にある極意を伝授したんだ。どんなものか、知りたいかい？」と高階先生は声をひそめる。

ぼくは驚いて、身を乗り出す。

「そりゃあもちろん。教えていただけるのであれば、ぜひ」

そう言って、ふと用心する。

「あ、でもおかしいな。今は高階先生はあっち側の人間だし。その話、ウラがあるんでしょう？」

「自分がそういう人間だからといって、必ずしも他人までそういう心持ちとは限らないんだよ。信じるものは救われん、さ」

ぼくは高階先生を見つめて考える。確かに冷静に考えて、話がガセだったとしても、ぼくにデメリットはない。聞くだけ聞いておけばいいじゃないか。

「疑ってすみません。ぜひ教えて下さい」

ぼくを見つめる高階先生の身体の輪郭線が微かに滲む。ひやりとしたものを背筋に感じ、一歩身をかわす。先生が手にした傘が一瞬真剣に見えた。

ふう、と息をついて、高階先生は笑顔になる。

「大したもんだ。殺気の感知度が上がったね」

「試したんですか？」と聞くと、高階先生は笑う。ぼくは改めて訊ねた。

「教えて下さい。速水に伝授した極意って何ですか？」

高階先生は遠く夕空に視線を投げる。それから首をめぐらせて答える。

「一刀流の極意、切り落とし、です」

一瞬、呆然としたぼくは手を打って笑い出す。

高階先生は怪訝そうな表情で、ぼくの爆笑を見守っていた。

「何がそんなにおかしいのかな？」

「はは。だって、よりによって同じ極意で、ガチの対決だなんて。はは。ぼくと速水って、つくづく腐れ縁だなあ」

涙を流しながらそう言うぼくを見つめて、高階先生は言う。

「清川君も切り落としをねえ。なるほど。それはおもしろい」

そう言ってにこにこしている高階顧問の無邪気な表情を見ているうちに、ぼくは何だかムカムカしてきて、思わず言った。

「それにしてもひどいじゃないですか。後輩には医鷲旗を奪還せよと檄を飛ばしておいて、一方でそれが難しくなるようにライバルに手を貸すなんて」

高階顧問は楽しげに言う。

「どれも清川君のことを思えばこそ、だよ。どうせ医鷲旗を手にするなら、困難の度合いが大きいほど、その栄光はより強く、光り輝くだろう」

ぼくはぐうの音も出ずに黙りこむ。よくもまあ、いけしゃあしゃあと。

「ところで、清川君の秘密兵器が同じ切り落としであることを、速水君に伝えてもいいかな？」

「それって、ぼくがダメだと言ったら速水に伝えないってことですか？　そんな選択権をぼくにくれるんですか？」

「ええ、もちろんです」

「ふうん、変なの……。もし本気なら、伝えてほしくないです。そうすれば絶対に有利になりますから」

「そうだね。そう答えるのが当然だよね」と高階先生はにっこり笑い、続けた。

「ではそうしよう。どう考えても速水君みたいに不器用ではてっぺんは取れないし、ね。それは世の中に出ても同じだ。世の中を動かすのはきっと、清川君のように如才ない、柔軟なしたたかさを持った人間だろうね」

高階先生の褒め言葉に、こそばゆさと同時に居心地の悪さを感じる。いつもそうだ。高階先生の言葉には何かしら含むところがある気がする。

「あの、それって、褒めてます？」

「もちろんです」と即答して、高階先生は続けた。

「速水君は清川君に負けるかもしれない。だが彼はいつかどこかで伝説を作る。

その伝説は、長く言い伝えられる。速水君と清川君の決着はきっと、そういう形でつくんだろう」

それから、高階先生はいたずらっ子のような表情でウインクする。

「そう言えば、今年医鷲旗を取れなかったら、坊主頭になる約束だったよね。今年はラストチャンスだからね。清川君の坊主頭を一番見たがっているのは、この私だということも忘れないでくれよ」

「ご心配なく。ちゃんと覚えてますから」

ぼくが答えると、高階先生は背を向け、夕空を見上げた。

「お、虹が掛かっている。これは縁起がいい」

見上げると蒼穹に、にじんだ光の弓がかかっている。

高階先生は「よしよし」と高笑いしながら、視界から遠ざかっていった。

# 第十六章　英雄降臨

## 第三十八回医鷲旗大会　夏

　七月下旬、第三十八回医鷲旗大会の日がやってきた。主管は東城大学医学部。会場は桜宮市・市民体育館。快晴。降水確率ゼロ。予想最高気温は三十度。

　主務の鈴木と新入生の高田は、試合から完全に離れ、大会運営に集中していた。

　一年生の花村が、高田に言う。

「高田、残念だな。せっかくの剣道大会なのに、試合に出場できないなんて」

　おとなしいが芯の強い高田は、平然と言い返す。

「そうでもないさ。大会運営は桜宮看護学校の学生が手伝ってくれるんだ。昨日から打ち合わせでいろいろ話をしてるんだぜ」

「合宿場に姿が見えないと思ったら、そんな羨ましいことしてたのかよ。ずるいぞ、俺にも紹介しろよ。今度合コンしようぜ」と花村があわてて言う。

「悪い、剣道部員なのに試合に出られないから、元気ないんだよね」

　その高田に看護学生の女子が声を掛ける。ふたりは肩を寄せ、親しげに話しながら遠ざかる。花村はその後ろ姿を羨ましそうに見送った。

試合会場では各チームが円陣を組み、準備体操をしている。主管校の東城大のレギュラー陣は一足先に準備体操を終え、観客席から各校の様子を見下ろしていた。トーナメント表とメンバー表を見比べ、河井が言う。

「準決勝、Aコートは水沢率いる極北大対帝華大、Bコートはウチと昨年の覇者、崇徳館大になりそうっす」

データマンの鈴木は大会進行の責任者なので、河井が代理を務めている。

「まあ、そうだろうな」と小谷が言う。

観客席から円陣を見分けながら、河井が言う。

「相変わらず、崇徳館大は坊主の黒山だし、極北大は水沢さんが派手だし。去年と状況はちっとも変わってないっすね」

「天童さんも水沢さんもとっとと引退すればいいものを。いい迷惑だぜ」

いつもと同じような試合前の雑談。だが微かな不自然さが漂う。帝華大のことには、誰も触れない。清川吾郎の長身と、朝比奈ひかりの白い道着姿が、どこよりも派手で目立っているのに。

少し離れたところで、ひとり腕組みをしていた速水が志郎に言う。

「志郎。準決勝まで俺は出ないぞ」

メンバーはぎょっとして速水を見つめる。志郎が尋ねる。

「大会はトーナメント一発勝負です。もし途中で負けたらどうするんですか？」

速水は腕組みをしたままこともなげに言う。

「それくらいクリアできなければ、どのみちお前の兄貴の壁は破れないさ」

一瞬弱気に揺らいだ志郎の顔が、がちりと男の顔に切り替わる。

会場にアナウンスが流れる。

「開会式を行ないます。選手の方々は練習をやめ、Aコートに集合して下さい」

「よし、行くぞ」と速水が言う。

観客席の高みに陣取っていた東城大のレギュラー陣は、一斉に立ち上がった。


開会式が始まった。東城大学の面々にとって、多様な雑務をこなしてきた集大成。舞台袖で心配そうに見守る鈴木にとっても一世一代の晴れ舞台だ。

彼らにとって一番の驚きは高階顧問が実行委員長だったということだ。主管校の顧問だから当然だし、プログラムにもそう記載されているのに、なぜか部員たちには高階顧問が舞台に立つというイメージがなかった。なので舞台上で淡々と挨拶をする高階顧問を見て、みな驚きを感じていた。

高階大会実行委員長の朗々とした声が、会場に響きわたる。

「……最後にわたくしごとで恐縮ですが十二年前の第二十六回大会で、私も医鷲旗を手にしたことを思い出します。この優勝旗には手にした者にしかわからない不思議な力がある。実際に手にした私が言うのだから、間違いありません」

会場が水を打ったように静まり返る。

舞台上に、返還されたばかりの医鷲旗が鎮座している。フロアに目を転ずれば、一番左の列の先頭に昨年の優勝校、崇徳館大主将の天童隆が佇み、その後ろに黒装束のいかつい一団が一糸乱れず控えている。隣には準優勝校の帝華大。先頭の白い道着、朝比奈ひかりは昨年速水を破った一試合だけで会場中の注目の的だ。

そして最後尾に退屈そうに生あくびをかみ殺している清川吾郎の顔。

真ん中の列には極北大の業師・水沢栄司の顔も見える。

一番右は主管校の東城大学。最後尾に、燃えるような緋色の胴があった。

彼らはみな、高階委員長の言葉に聞き入っている。

「参加三十二校中、優勝旗を手にできるのはわずか一校。その栄誉を目指し、力の限りを尽くして下さい」

高階委員長は淡々と開会宣言を締めた。拍手。間髪を入れず、アナウンスの声。

「続きまして、選手宣誓。東城大学医学部剣道部主将、速水晃一君」

緋胴の剣士が歩み出ると、会場の視線が一斉に集まる。速水は高階大会実行委員長の前で歩みを止めると、左手を上げて高らかに選手宣誓を謳(うた)いあげた。

各コートで第一試合が始まった。観客席でひとり、東城大学の試合を見下ろしている速水の側に、高階顧問が近寄ってきた。

「どうだい、調子は？」

「よくわかりません」

「それにしても、緒戦に速水君が出ないとは、思い切った作戦を採ったものだね」

「ヤツらの実力からすれば当然です。準決勝までは問題ないでしょう」

「いやはや、わずか三ヵ月で速水君も見違えるように逞(たくま)しくなったものだ」

そう呟いた高階顧問は悪戯っ子のような表情で続ける。

「そう言えば半月前、所用で東京に行ったついでに帝華大に寄ってきてね」

速水は、目を見開く。

「何か言ってましたか、志郎の兄貴は？」

「特に何も。私が速水君に一刀流の極意、切り落としを伝授したと言ったら、驚いていましたが」

速水は、まじまじと高階顧問を見つめた。

竹刀を打ち合う音が、会場にあふれる。どうやら試合が開始したらしい。

速水は大きく伸びをして、笑う。

「そうですか。ヤツは知っているんですね。そいつは用心しないといけないな」

「言いたいことはそれだけ、なのかい？　どうして怒らないんだい？　私は東城大に不利になる裏切り行為をしたんだぞ」

「その程度の情報を知られて負けるなら、それまでのこと。知られても勝つ。それが実力というものでしょう」

会場から歓声。東城大の先鋒・花村が面を先取したようだ。

速水は会場に拍手を送る。それから高階顧問を見ずに言う。

「一刀流の極意、切り落とし。相手の剣を自分の打突で打ち落とし、そのまま面を叩き割る。言うは易く行なうは至難。わかっていても即座に対応はできません」

力強い速水の言葉に、高階先生は、ぱん、と手を打つ。

「おみごと。これでようやく清川君と五分五分に持ちこめた。あとは胆力勝負だ。さて、私は楽しく見学させてもらおうか」

立ち上がった高階顧問を見上げ、速水は訊ねる。

「ひとつだけ教えて下さい。先生はどうして、事態がややこしくなるようなことばかりなさるのですか？」

高階顧問は階段の上から速水を見下ろし、にっと笑う。

「だってその方が面白いでしょう？」

「そんな理由で？」

問い返した速水に、高階顧問はうなずく。

「私は、坊主頭姿の清川君を、是非見てみたい。ただそれだけなんです」


三十二校の頂点に立つには五連勝する必要がある。予選ブロックでくじ運に恵まれた本命四チームが三連勝して順調に勝ち上がった。中でも注目は帝華大の二枚看板、朝比奈ひかりと主将の清川吾郎の快進撃だ。ふたりとも予選三試合を秒殺しで二本勝ちしていた。そして残りの三人で一勝を拾うというパターンだ。ついで医鷲旗覇者の経験を持つ崇徳館大の天童隆と極北大の水沢栄司。彼らも鮮やかな二本勝ちを収めていた。崇徳館大は昨年よりわずかに戦力低下したものの優勝候補の一角だった。だが極北大は水沢以外のメンバーが全員入れ替わってしまったため優勝は難しいだろう、というのが下馬評だった。

一番注目を浴びたのは東城大だ。主将・速水晃一を欠いた新チームは、緒戦から苦戦の連続で、三戦とも大将戦にもつれこんだ。特に準々決勝では、大将の清川志郎が二本勝ちしなければ負けという絶体絶命の窮地に陥った。何とか時間切れ間際に志郎が二本目を奪い、かろうじてベスト4へ駒を進めた。

観客席から試合の行方を見守る速水の姿は、故障説に信憑性を与え始めていた。そして下馬評で、東城大学は優勝候補から外されていた。

「午後の部・準決勝の組み合わせはAコート、極北大学対帝華大学、Bコート、崇徳館大学対東城大学。昼食休憩後、直ちに試合を開始しますので、選手は十二時五十分に各コートに集合して下さい」

予想どおりの組み合わせを告げるアナウンスが流れた。その時、本部席では、高田と看護学生が肩を寄せ合いプログラムの最終確認作業に没頭していた。

観客席に東城大のレギュラーが顔を揃えた。中心に速水。彼らは大会運営を手伝う桜宮看護学校スタッフの差し入れのおにぎりを口にしていた。

ゴマにぎりを頬張りながら、清川志郎が言う。

「速水先輩。ご希望どおり勝ち抜きました。後はお願いします」

「ご苦労だった。特に花村には無理をさせたな。あとはまかせろ」

花村は顔を上げ何か言おうとしたが、言葉にならず、荒い息を続けるばかりだ。

速水が帯刀し、立ち上がると、一陣の風が、観客席から会場に吹き下りる。

その風の行方を見送る速水の目に清川吾郎と、彼に寄り添う白い道着姿の朝比奈ひかりの姿が映った。

速水と清川吾郎の視線がぶつかった。無音の言葉が飛び交う。

——いざ、勝負。


準決勝、Aコート。極北大対帝華大。

一昨年の覇者、業師の水沢は、正対した清川吾郎に言う。

「今回は君たちの勝ちだよ。総合力では敵わない。でも僕は君には負けないよ」

「御随意に。ぼくはチームが勝てばそれでいいんです」

「負けた時の言い訳かい。相変わらず腰抜け野郎だね」

水沢の挑発を、清川は笑って受け流す。

礼を終え席に戻った朝比奈が清川に言う。

「いいんですか、言いたい放題させちゃって」

「かまわないさ。ナマイキな口は、剣でふさげばいい」

朝比奈ひかりは、清川を見つめた。

試合は大差がついた。弾みをつけたのは先鋒の朝比奈だった。

この大会、朝比奈はすべて二本勝ちしていた。それもすべて一分もかからずに。今大会ではまだ一度も下段を取っていないが、切れ味抜群の技に加え、昨年の対速水戦の印象から、会場内で囁かれ始めた呼称は〝秒殺しのサブマリン〟。

準決勝も開始直後に小手、再開後に面とあっさり二本を連取した。その流れに乗って他のメンバーも快進撃を続ける。副将の坂部が引き分けに終わったが、大将戦を待つまでもなく試合は三―〇で決した。

残るは消化試合となった大将戦。だが会場の緊張感は継続している。

朝比奈同様、ここまで秒殺しの二本勝ちを積み上げてきた帝華大の伏龍、清川吾郎と、やはり二コロの業師・水沢栄司の直接対決に注目が集まった。

ふたりはコート中央で相対する。互いに礼。

「予想どおりだけど、ウチに勝ったと公言するのは、僕を倒してからにしろよ」

「あんたを倒さなければ極北大に勝ったと言えないことは、承知してるさ」

「ふうん、非常識な坊やと聞いていたけれど、少しは道理を知ってるわけか」

水沢は、面金の奥でうっすらと笑う。

「始め」

審判の掛け声と共に、ふたりは立ち上がる。裂帛（れっぱく）の気合いが会場に満ちた。

開始直後の一瞬の隙を衝き、得意の小手が一閃。清川が一本先取した直後から水沢の猛攻が始まった。清川吾郎は、ねちこく剣先を絡めてくる水沢の剣に、いささかうんざりしていた。

――しつこい。

間合いを切ろうとすると、するするとしのび寄り小手を狙ってくる。

横着な自分とは全くタイプの違う小手遣い。一番近い打突部分を中心に、多様な技を見せるために組み立てるという発想だ。同じ小手遣いでも、一番近い部位を狙うのが一番ラクだ、と考えている清川とは真逆のスタイルだ。

水沢の剣先がぐるりと清川の剣を捲き上げる。清川はあやうく竹刀を持っていかれそうになる。右手を離し、左手一本ではじかれた竹刀をコントロールする。その隙を捉えて水沢が面を打ちこんでくる。

清川は身体を半身にして一歩踏みこみ、その打突を元打ちで受け止める。

赤旗一本。他のふたりの審判は、下で旗を交錯させている。

体当たりしながら、竹刀を持ち直す。

――捲き技か。

体当たりをした次の瞬間、水沢はふわりと後ろに下がり、清川はつんのめる。そこに振り下ろされる面。その打突を竹刀で摺り上げ、面を返そうとしたが、水沢の身体はとっくに清川の間合いから離れている。一瞬の空白。

そこへ、水沢の身体の動線が殺到してくる。竹刀を肩に担いでいる。

――今度は担ぎ面、かよ。

面を受けようとしたら、担いだ竹刀の照準は小手に合わされていた。軌跡の途中で気づき、清川は摺り上げを中止し竹刀を倒し受け止める。

担ぎ小手が、守備に専念した竹刀を打つ。次の瞬間、反動で持ち上がった剣先がくるりと輪を描き、胴へ叩きこまれる。清川は身体を引いて飛びこみ胴の間合いを切る。水沢の剣先は空を切る。そのまま竹刀は大きな弧を描き、水沢は左手一本で右面を打ち据える。赤旗一本。他のふたりの審判は下で交錯。

清川はがちりと体当たりして、水沢の猛攻を受け止めた。

――飛び込み胴から片手面か。まったく、よくもまあ、尋常でない技ばかり繰り出すものだ。技のデパートとは言い得て妙だな。

「ラスト三十秒です」

その声を聞いて、清川は引き面を打つ。防戦一方だった清川が唐突に放った打突だったので、水沢は虚を衝かれ、かろうじて受け止めた。

水沢と清川の間合いが切れた。

ふたりの剣先がコートの中央でかちゃかちゃとぶつかり合う。

清川はふと、河原で見たセキレイの尾の動きを思い出す。目の前をよぎっていった川トンボの黒い翅。そして、華奢な朝比奈のうしろ姿。

剣先の向こう側で揺れている水沢の姿と、川辺の朝比奈の姿が一瞬重なった。

清川は無造作に、まぼろしの面に向け打突を開始した。竹刀の向こうで、水沢と重なった朝比奈の姿が、防御システムを起動し始める。

――遅いよ、朝比奈。

次の瞬間、清川の竹刀は水沢の面を鮮やかに捉えた。

白旗三本。

勝負は決した。帝華大は一昨年の覇者、極北大を四―〇の大差で下し、堂々の決勝進出を果たしたのだった。

◇

準決勝、Bコートは崇徳館大学対東城大学。

黒ずくめの集団、崇徳館大学は、昨年の覇者だ。上段からひたすら打突を繰り返すだけという独特のスタイルの、単調な攻撃スタイルだ。だが打突の破壊力であらゆる返し技を封じるという、真っ向勝負のチームである。昨年、優勝を経験したメンバーは大将の天童を含め三枚も残留している。優勝候補の最右翼だ。

対する東城大はこれまでの三試合、主将の速水が一度も出場していない。故障説が本当ならば力の差は歴然、崇徳館大学の圧勝だ。

その速水の緋胴がついに、今大会初めてメンバーの列に並ぶ。

会場が一瞬、息を呑む。速水の向かいの天童が、じろりと速水をにらみつける。

「互いに礼」

審判の声と共に、両チームは二手に分かれる。呼び出しの声に、先鋒の清川志郎が立ち上がる。

崇徳館大対東城大、Bコートの準決勝戦が始まった。

先鋒の志郎は、昨年の優勝メンバーのひとりと互角に渡り合う。時間切れ引き分けかと思われた瞬間、振り下ろされた上段からの打突をかわし、がら空きの面に打ち込み面を奪う。同時にホイッスルの音。みごとな一本勝ちだ。

意気揚々と引き揚げる志郎を、隣のコートの選手席から兄・吾郎が見ている。

次鋒・河井は単調な上段からの打突を受け続け、時間いっぱいまで粘り、引き分けに持ちこんだ。中堅・小谷はぎりぎりまで粘ったが、開始直後に面を先取され一本負け。タイに持ちこまれた東城大だったが、ここで踏ん張ったのが副将に抜擢された長村だ。志郎の陰に隠れて目立たない存在だったが、この一年の伸びは志郎と同じくらい著しかった。長村は優勝メンバーと渡り合い、勝ちに等しい引き分けに持ちこんだ。これで、一勝一敗二引き分け、本数も同数となった。

速水対天童の大将戦で勝った方が勝ち上がるという単純明快な勝負になった。

呼び出しの声が両チームの大将、崇徳館大・天童と、東城大・速水の名を呼ぶ。

ふたりは試合コートの両端で立ち上がり、対峙する。

隣のAコートで歓声があがった。見ると白旗三本が上がり、清川吾郎が勝ち名乗りを受けていた。極北大学対帝華大学の決着がついた瞬間だ。

速水は帯刀し、前に進む。決勝戦のコートでアイツが待っている。

だが、その前に目の前の難敵を打ち倒さなければ。

速水は、自分の前に立ちはだかる巨大な山を見上げた。

Bコート準決勝戦、崇徳館大対東城大の大将戦。天童隆ヴァーサス速水晃一。

黒ずくめ集団の大将・天童と、燃えるような緋胴の速水が相対した。

「始め」という主審の声と共に、竹刀を構える。

天童はいつものように上段。それを見て、中段の平青眼に構えていた速水も、徐々に剣先を上げていく。相上段。炎の緋胴と、黒漆の闇に銀の昇龍が対峙する。

「何のつもりだ」

天童が低く呟く。速水は低い声で答える。

「上段はあんたの専売特許じゃない」

天童は、面金の奥で、がはっと笑う。

「確かに。だが、付け焼き刃の上段が、俺に通用すると思うな」

挑発的な天童の言葉。だが、速水は揺らがない。

ふたつの火の位がぶつかり合い、溶岩流が渦を巻く。

「それでいい。速水君、火の位の君は、その構えが正しい」

観客席から試合を見下ろしている、高階顧問が呟いた。


上段同士の闘いは、先にどちらの竹刀が相手の面を捉えるかで決する。だからこそ、全日本学生剣道選手権に出場経験がある上段のスペシャリスト・天童に、あえて上段で挑むなどという猛者（もさ）はこれまで現れなかった。

それゆえ天童にとって、上段の敵は未知の領域に潜む猛獣だった。

上段のスペシャリストを集めたチームがふだん行なう練習は、一心不乱に上段から打ちこみ台を打ち据えるというものだ。相手のことは考えず、ただひたすら自分の打突だけを磨き上げる。それは百日の間、速水が行なったひとり稽古と同じだ。天童は、自分と同じタイプの猛虎を相手にすることになったわけだ。

天童は吼（ほ）える。天童の挑発は、危機感と表裏一体だった。

間合いが微妙に外されている。それはこの大会でまだ一度も速水の打突を見ていない、という情報の欠落に起因していた。

――この赤胴野郎の、打突スピードが読めない。

天童は胴に描かれた龍の片目が潰されていることを思い出す。片目ゆえ、間合いが摑めないのか。情報戦では、大差をつけられている。天童の情報はたっぷり相手に知られている。一方、速水はここに至っても一振りも打突をさらしていない。それを探るため、試しの打突をしてみるという手はあるし、実際天童もそうしようとした。だがそのたびに、背筋に寒気が走り、打突を思いとどまる。

そんな中、ホイッスルが鳴った。

一合も打ち合わずに時間切れ。試合は引き分けに終わった。

代表戦にもつれこむが、選手は当然変わらず天童と速水。

「天童先輩、押忍(おす)」

天童には背中の声援が煩わしい。一方、東城大学のレギュラー陣は気味が悪いほど静かだ。そんな中、速水の緋胴だけが赤々と燃えている。

「代表戦、始め」

再び、気合いをあげ、天童は上段を取ると、速水は平青眼になる。

その瞬間を捉えて、天童は上段から面を打ちこむ。

ふたりの間で、初めて竹刀が交わった。

ここしかなかった。間合いを切られ速水に上段を取られたら、二度と距離感を取り戻せなくなってしまう。

初太刀がすべてのはずの打突に、焦りが混じる。速水は中途半端な面を受け止め、天童は狂ったように連打を続ける。すべてを受け切ると、速水は体当たりし、天童の猛突進を止める。次の瞬間、引き面を打ち、後方に飛びずさる。

間合いが切れた。天童は上段に構え直し、追撃する。だが一瞬早く、速水は平青眼から上段へ構える。再び相上段。

時間がまた凍りついた。時計の秒針がじりじりと時空を削っていく。

「ラスト三十」

どちらのチームからの声かはわからない。だが、その声がきっかけだった。

天童は、自分の矜持(きょうじ)のすべてをかけて、上段から雷のような面を打ち下ろした。

上段からの面が動き始めたのと同時に、速水の上段の竹刀も起動する。ふたりの竹刀の軌跡は、まっしぐらに相手の面金を目指す。中間地点に到達したのは、天童の竹刀の方がわずかに早かった。一瞬、出遅れたかに見えた速水の面打ちは、接触地点で天童の竹刀を上から叩き落とし、そのまま面金へ打ちこまれた。

後の先、一刀流の極意、切り落とし。

血しぶきのような赤旗が三本、上がった。

　隣のコートで見ていた白い道着姿の朝比奈と清川吾郎が、顔を見合わせる。

「ふうん、なるほど。これがアイツの切り落とし、か」

　清川吾郎が呟く。そして足元で正座している朝比奈に尋ねる。

「さてお姫さま、いかがいたしましょう。今年はぼくが虎退治をしてもいいし、もう一度朝比奈が相手してくれてもいいけど」

　朝比奈ひかりは、勝ち名乗りを受けている速水を見ながら言う。

「あの獲物、欲しいです。去年と違って、歯ごたえがありそうです。でも、あたしが戦っちゃってもいいんですか？」

　朝比奈が見上げてそう言うと、清川は肩をすくめる。

「仰せのままに。ここまでこられたのは、朝比奈のおかげだ。お前の意志は尊重するって約束しただろ」

　一瞬、淋しげな笑みを浮かべた清川は、ぽつんと呟く。

「それにしてもぼくと速水って、つくづく縁がないんだな」

　東城大と崇徳館大が試合終了の礼を交わす中、場内放送が流れる。

「決勝戦は十分後、Ａコートで行ないます。両チームのキャプテンはメンバー表を大会本部に提出して下さい」

　準決勝を終えた東城大の面々が顔を上げ、帝華大のメンバーと視線がぶつかる。その中心には清川吾郎と速水晃一、東城大の猛虎と帝華大の伏龍の姿がある。

　一陣の風がふたりの間を吹き抜けていった。

◇

「ただ今より、第三十八回医鷲旗決勝戦をAコートにて行ないます。赤、東城大学医学部、白、帝華大学医学部。両校の選手は整列して下さい」

　決勝戦を除く試合が終わり、だだっ広さが際立つ会場の真ん中のコートで、帝華大と東城大の両チームの面々は、相対している。

「よし、行くぞ」と緋胴の速水が声を掛ける。向かい側では、清川吾郎があっさり言う。

「さあて、そろそろ行こうか」

　整列したふたつのチームが試合場の中心で相対した。

　観客席から応援の声が地鳴りのように沸き上がる。だが一瞬の後、その響きに失望の色が交じった。

東城大学の先鋒・清川志郎の向かいには兄の清川吾郎。そして大将には緋胴の速水晃一と白い道着の朝比奈ひかり。その組み合わせは去年の再現だ。

明らかに観客席は、速水対吾郎の対決を望んでいた。

そんな観客席を見上げながら、兄の吾郎が言う。

「志郎、今年はきゃんきゃん吠えないのか」

「僕の仕事は、目の前の相手を倒すことだけだ」と志郎は、兄を見て言う。

「ほう、コイツは手強そうだ。要注意だな」

だが志郎は答えない。

朝比奈ひかりは速水を見つめた。速水の表情はぼんやりしていて、朝比奈を見ているのかどうかすらも判然としない。

——ずいぶんと、うすぼんやりさんになったのね。さっきの試合ぶりからすると、故障してるというのはデマみたいだけど。

礼、という掛け声。さまざまな想いを胸に両チームは左右に分かれた。

「先鋒、赤、東城大、清川志郎選手。白、帝華大、清川吾郎選手」

決勝の先鋒戦の呼び出しを受け、清川兄弟が開始線をはさんで相対する。蹲踞。竹刀の剣先を合わせる。

「始め」という主審の掛け声と共に、ふたりは立ち上がる。志郎は剣先を絡めながら、静かに様子を見る。昨年のように速攻に打って出ない。

吾郎も様子を見ていたが、消極的な志郎の動きに苛々し始めた。

「志郎、この前まで主将代行してたんだってな。堂々と打ってこいよ」

志郎は兄の言葉を受け流す。挑発をスルーされ吾郎は苛立つ。

「こないなら、こっちから行くぞ」

次の瞬間、吾郎の打突が始まった。面、小手、面、面、小手。ムダのない、精密機械のような打突に、弟・志郎は追いつめられていく。だが丁寧に打突ひとつひとつを受け止める。試合場のラインぎりぎりまで追いつめ、吾郎が志郎と竹刀を合わせた次の瞬間、吾郎の竹刀が志郎の面を捉えた。

白幡三本。兄、吾郎の一本先取。

「何だ、ちっとも強くなってないじゃないか」

吾郎は志郎に言うが、志郎は黙って開始線に戻る。審判が告げる。

「白、面あり、一本。二本目」

その声と共に、志郎の気合いが会場に満ちる。昨年の追いつめられ繰り出した連打の時とは、異質の掛け声だった。

——コイツ、まだ死んじゃいないぞ。

刹那のためらいがよぎる。その瞬間、志郎が打ちかかってきた。

「面、面、胴、小手、面、面、面」

吾郎は志郎の連打を受け続ける。初めは余裕の色が見られたが、ラインに追いつめられるにつれ、顔色が変わる。

「ちょ、ちょっとタンマ。おい、どうしちゃったんだ」

連打の果てに放った最後の面が吾郎の竹刀を叩き落とし、面金に炸裂した。

赤旗三本。

吾郎の隣を駆け抜け、振り返る志郎の顔には得意げな表情はなかった。

堂々たる一本。そして実に大きな一本だ。ここまでパーフェクトで勝ち上がってきた帝華大の主将・清川に、初めてつけられた傷だったのだから。

先鋒戦、試合は振り出しに戻り、吾郎の中で何かが狂い始めていく。

残り二分。吾郎の猛攻を志郎は耐え忍んだ。打ち据えても打ち据えても、志郎の心は折れない。最後の面打ちを受け切ると同時に、ホイッスルが鳴った。

因縁の兄弟対決は引き分けに終わった。試合後の礼。顔を上げると、引き分けにもかかわらず、兄・吾郎は憮然(ぶぜん)としていた。

自軍に戻った志郎は、次鋒の河井から手荒い祝福を受けた。

「やったな、この野郎。これで兄貴に去年の借りを返せたな」

「これじゃあダメです。勝たなければ」と志郎はにこりともせずに言う。

「そりゃそうなんだろうけど、オール二コロの兄貴を止めたのはすごいぞ。これでいける。次は任せろ」

立ち上がった河井に、面を外した志郎は、汗をぬぐいながら言う。

「あとは先輩、よろしくお願いします」

志郎がちらりと見た緋胴の速水は、腕組みをして黙然と瞑目している。

ここから両校は、後に桜宮の死闘と呼ばれる伝説の闘いを繰り広げる。清川吾郎というポイントゲッターを押さえて意気上がる東城大は、続く河井が貫禄で、帝華大の新入生をあっさり二コロに沈めた。

この流れは中堅の小谷が開始早々一本を先取したところまで続いた。その後も、幾度も惜しい機があり、小谷の勝利は確定かと思われた瞬間、わずかな隙を衝かれ小手を奪い返されてしまう。こうして中堅戦は引き分けに終わる。

この一本で流れが変わった。副将戦では、長村がキャリア抜群の帝華大の坂部に二本連続で奪われてしまう。

こうして速水の前には準決勝と同様、一勝一敗二引き分け、五分と五分の相星での大将戦という、平等で公平な舞台が整ったのだった。

呼び出しの声が会場に響きわたる。

「大将戦、赤、東城大学、速水晃一選手。白、帝華大学、朝比奈ひかり選手」

ふたりはゆっくりと前に進み、中央で竹刀を合わせる。

観客は、昨年の試合の顚末を覚えていた。朝比奈ひかりの鮮烈なデビュー戦はふたりの力量差を見せつけるには十分だった。あの試合からちょうど一年。今日、この決勝戦に至るまで朝比奈の連勝記録は継続している。

あの試合が観客に与えた衝撃はすさまじく、この一年、速水がどれほど精進してもその差は縮まらないだろう、と確信させてしまうくらいだった。

観客は、この対決になった時点で、医鷲旗の去就は決まったと信じた。

だが、そう思っていない選手が、会場には少なくともふたり、いた。

ひとりは選手席で唇を嚙んで試合の様子を見ている清川吾郎。もうひとりは、試合場の真ん中で、速水と対峙している朝比奈本人だった。

速水と朝比奈は中段の構えで相対していた。ふたりとも打突を繰り出そうとせず、間合いを保ちながら相手の様子を窺っていた。

——何よ、この人。どうしちゃったの？

朝比奈は速水と対しながら、自問自答を繰り返す。気がつくと鳥肌が立っている。間合いが読めない。吾郎との間合いを見失ったのとは別種の違和感だった。

吾郎の場合は、自分の打突が届く間合いが読み切れなかった。速水に対しては、自分の打突が届く間合いはわかる。だが相手の打突の射程距離を見切れない。そして自分の打ちがすべて叩き落とされてしまうような、負のイメージばかり脳裏に浮かんでは消えていく。朝比奈は、自ら打って出られなかった。

ふたりは陽炎のように、互いの回りをゆらゆら揺れながら回っていた。

——このままじゃあラチが明かないわ。

去年は引き分けで勝ち、という舞台だった。

——それならどういうこともなかったのに。

朝比奈は吾郎をちらりと見る。去年と同じ舞台さえ用意してくれていれば……。

今年は引き分けでは延長戦。だからケリをつけなければならないのに、速水の面を取れる確信が持てない。

仕方なく、虎狩りに挑む決意をし、中段の竹刀を徐々に沈めていく。

「お、サブマリン」

観客席から掛け声があがる。今日は見せなかった朝比奈の地の構え、下段。

朝比奈がこの構えを取ったのは、去年の準決勝の大将戦以来だ。

速水は顔色ひとつ変えず、上段を取る。下段対上段。

攻撃的な上段に対し、守備的色彩の強い下段は相性が悪い。朝比奈は下段から竹刀を回し、脇構えを取る。昨年の医鷲旗の覇者、天童ですら打ち砕いた速水の面打ちに対し、頭を無防備に丸々差し出しているのだから度胸満点、スリリングな攻防だ。速水が初めて咆哮する。朝比奈はびくりと震える。その時、朝比奈は自分の心の片隅に、生まれて初めて芽生えた感情を覚知した。

やあ、と澄んだ掛け声をあげた朝比奈が動く。つられて速水が面を繰り出してきた。朝比奈はその軌跡をぎりぎりでかわす。速水の面打ちが滑り落ち朝比奈の右肩を打つのと、朝比奈の脇構えから繰り出した逆胴が、速水の緋胴を断ち割ったのは同時だった。

脇構えからの潜航艇（サブマリン）の急速浮上。白旗が三本、水しぶきのように上がった。

——真っ二つに斬り捨てられたかと思った。

打突された右肩がずきりと痛む。その瞬間、朝比奈ひかりは、自分の中に芽生えた感情の名前を知った。それは「恐怖」だった。

中央の開始線に戻った速水は、面金の奥でかすかに笑っていた。

「つい、つられたな」

手にした竹刀の鍔元（つばもと）で自分の頭をごつごつと叩いた。そして、呟くように言う。

「やっぱりあんたは強いね」

焦りも衒いもない言葉に、朝比奈の恐怖が募っていく。

速水が手にした竹刀が、抜き身の真剣に見えた。

朝比奈は眼をぱちくりさせた。もう一度確かめると、やはりただの竹刀だった。

――どうしちゃったんだろう、あたし。

そこへ主審の「始め」の掛け声。

心の準備を整えないまま、朝比奈は再び速水の緋胴と相対する。

あとどのくらい？　渇いた喉を潤すことがすべての欲求に優先するように、朝比奈の心は、残り時間の情報への渇仰でいっぱいになっていた。

――一本取ったんだから、ここから先は、引き分けでいいのよ。

無意識に、朝比奈の竹刀は下段に沈みこんでいく。

――ダメよ、惰性で構えを取ったらダメ。

内なる声が警告する。だが、恐怖心から勝利の方程式にすがりつく。速水はあっさり上段。朝比奈は下段から脇構えへ。ラスト三十という掛け声。

――あと三十秒凌げば。

そう思った瞬間、速水の剣先が動いた。フェイントも何もなく、まっしぐらに自分の面に振り下ろされる軌跡が、朝比奈の脳裏に描かれる。

——これは、かわせる。

朝比奈は半歩下がり、脳裏に浮かんだ未来の双曲線の軌跡から外れ、身体を安全地帯へと運ぶ。目の前で空を切り、床を叩く速水の竹刀の残像が浮かび上がる。胸元まで竹刀が落ちたら邪魔な竹刀を摺り上げ、ガラ空きの面を打てばいい。速水の竹刀が、自分の描いた未来図をなぞり、目の前で一瞬停止した。

——勝ったわ。

打突に出ようとした瞬間、朝比奈のイメージはガラス細工のように砕け散る。速水の面は寸前で余された。だが剣先は、彼女の喉元の高さで停止すると、そのまま一直線に朝比奈の華奢な喉笛を突き破ったのだった。

上段からの面、打突直後の左片手突き。

速水の咆哮と共に、端然と正座していた清川のところまで朝比奈の白い道着が吹き飛んだ。華奢な身体を、座ったまま吾郎は受け止める。

朝比奈の肩を抱き、燃えるような眼差しで速水をにらみつけた。

傲然と佇む速水の背後に、赤旗が三本、篝火のようにはためいていた。

朝比奈は、清川吾郎の腕の中で震えている。

「こわいです。あの人」

抱きとめてくれた清川に囁く。朝比奈の面は半分外れかかっている。

身支度を整えるため、よろよろと立ち上がった朝比奈は、再び床に崩れ落ちる。

清川は朝比奈の肩を手で押さえ、決断した。

「朝比奈、棄権しよう」

朝比奈は面を外し、清川を振り返る。

「そんなことをしたらあたしは二本負け。チームも負けてしまいます」

清川吾郎はさみしそうに笑う。

「しかたないさ。速水という野獣をお前にあてがったぼくのミスだ。ぼくはお前を潰したくない」

朝比奈が発しようとした言葉を封じて清川は続ける。

「どのみち、お前が速水にうち砕かれた時点で、うちは完敗したんだ」

「でも……」と何か言おうとした朝比奈に、主審が歩み寄る。

「続行、できるかな？」

朝比奈は無言。清川が言う。

「棄権を考えています」

「棄権すると、大将戦は二対一で相手の勝ちになるが、了解かね」

清川は唇を噛んで、黙り込む。

その時、東城大の選手席から、声があがった。

志郎が立ち上がり、吾郎を指さして叫ぶ。

「代表戦だ。こんなんで、ケリをつけていいはずないだろ。大将戦は引き分けだ。代表戦で正々堂々、速水先輩と勝負しろ。最後まで闘え」

観客たちは、波紋が水面に広がるように徐々に志郎の発言の真意を理解する。会場に代表戦を求める声が上がり始め、次々に唱和し、次第に大きくなる。

「代表戦、代表戦、代表戦……」

審判が旗を振って声を鎮めようとしたが、効き目はない。清川吾郎は朝比奈の肩を抱いたまま、速水から視線を外そうとしなかった。

代表戦、という声に、おっしょい、という掛け声が重なっていく。

棄権なら規定に従い二対一で東城大の優勝。だが続行不能による試合打ち切りと考えれば、本数も勝数も同数。それなら代表戦だ。

試合場の中央で審判が合議を始めた。そこに高階実行委員長が呼ばれた。

その姿を見て、清川吾郎は開会式での挨拶を思い出す。主管校の顧問なのだから開会の辞を述べるのは当然なのに、公的な儀式の場にその姿はあまりに似合わなかったな、とひとり笑う。だが、こういう修羅場には実にしっくりときた。

「代表戦、代表戦」「おっしょい」「わっしょい」「清川」「速水」

種々の言葉が入り交じる大音量の中、大会実行委員長の高階顧問は、速水と清川を中央に呼んだ。

「規則に従えば大将戦は二対一で東城大の勝ち、試合も同じく東城大の勝ちですが、君たちの意向が大切だから、忌憚のない意見を聞かせてほしい」

清川は高階顧問の顔を見た。背後で震えているか弱い白い道着姿を、視界の隅にとどめながら、速水の顔に視線を移す。

「ウチの大将は戦える状態にありません。通常の判断で結構です」

「棄権でいい、ということだね」

清川はうなずく。高階顧問は向きを変え、速水に尋ねる。

「速水君もそれでいいですか？　であれば両校の意志が一致したということで、規則どおり収めますが」

速水は天を仰ぎ、会場の熱狂を見回す。最後に清川の顔に視線を止める。

「いいのか？　俺たちの夏がこんな形で終わっても」と速水は訊ねる。

「仕方ない。ルールはルールだ。完敗だよ」

「本当にそう思っているのか？　心の底から？」

「本当さ。ぼくは総合力で東城大に勝てばいいと思ってた。でもそれはまやかしだったと今、気がついた。ぼくはお前から逃げていたからバチが当たったのさ」

代表戦を求めるシュプレヒコールを背景に、速水は腕組みをする。チームの面々を振り返り、ひとりひとりと視線を交わす。誰もがうなずき返す。

顔を上げた速水は、宣言する。

「決定権がこちらにあるなら、大将戦は試合続行不能による打ち切り、つまり一本対一本の引き分けとし、代表戦による決着を希望します」

決然とした言葉は、群衆の歓喜の声にかき消された。

◇

熱狂は鎮まりかえり、観客が固唾を呑む中、センターコートの外側で、相対したふたりが身支度を整えていた。

赤、東城大主将・速水晃一。白、帝華大主将・清川吾郎。

猛虎と伏龍は、ひのき舞台でついに相まみえた。

身支度を終えたふたりは試合場の中心点で向かい合う。清川が話しかける。

「本当にバカだよな。あのまま黙っていれば医鷲旗はお前たちのものだったのに」

速水はからりと笑う。

「確かに、な。だが、女の子を突き飛ばして棄権勝ちだなんて、そんな優勝旗は誇れないさ」

「朝比奈はただの女の子じゃないぜ」

「わかっている。でもやっぱりフェアじゃない気がする」

「ふうん。だからって手加減はしないぞ。負けて泣きベソかくなよ」

吾郎の強がりに速水は笑う。

「ここで負けたら、たぶん俺は一生悔やみ続けるんだろうな」

「本当にバカだよ、お前ってヤツは」

吾郎が竹刀を構え、速水も中央で蹲踞する。ふたりの竹刀の剣先が触れ合う。

試合開始を告げる主審の声が、静寂に包まれた会場に響いた。

ふたりが剣先を交えた瞬間、会場から地鳴りのような応援が沸き上がった。

「帝華、帝華」「清川、清川」「東城、東城」「速水、速水」

声援はバラバラだったが、会場の気持ちはひとつでやがて「おっしょい」という掛け声一色に染め上げられていく。

その声援に背中を押されるように、ふたりの剣はぶつかり合う。

清川吾郎の速攻は、速水に上段に構えさせるゆとりを与えなかった。

連打のスピードは弟の志郎より遅いが隙がなく、速水に息つく間を与えない。かといって攻め続けている清川にもゆとりはない。連打が途切れれば、間合いを見切れない稲妻のような上段と相対する。あの朝比奈でさえ、その圧力に打ち砕かれたのだ。表面上は清川が一方的に見えるが、実状は異なることを一番理解しているのは清川自身だった。速水は丁寧に清川の速攻を受け潰し、上段を取る機を窺う。清川はそうはさせじと連打と体当たりを繰り返す。

間合いが切れそうになると、速水の懐にもぐりこむ。一進一退、壮絶な攻防だ。

そんな中、ついに清川の小手が、速水が上段を取ろうとした一瞬の隙を捉える。

清川の切り札、カミソリ小手。即座に白旗が三本上がる。

速水は切り落とされた右上腕を見て、ふう、と長いため息をつく。

速水は動じていない。清川も自分が有利になったとは感じていない。

二本目。試合再開直後の間合いが切れてすぐ、速水は上段に構える。清川は、ほんの一瞬出遅れたが、その一瞬が命取りだった。

本来の姿である上段、火の構えを取った速水は、充実した気合いと滑らかな足捌きで、清川を試合場の隅に追い詰めていき、勝利と敗北の境界線上で、気で攻め続ける。その圧力に痺れを切らし、清川が小手打ちに出ようとした瞬間、迷いなく振り下ろされた速水の竹刀が清川の面を真正面から叩き割った。

赤旗三本。打ち据えられた清川は、呆然と速水の緋胴を見つめた。

——ちくしょう。切り落としのタイミングが見えなかった。

清川はぎりり、と奥歯を噛みしめる。

三本目。傷だらけの二匹の野獣の壮絶な打ち合いが続く中、ホイッスルが試合終了の時を告げる。

代表戦はまたしても引き分け、以後、一本勝負のサドンデスの延長戦に入る。

延長戦の開始を前に自陣に戻ったふたりを、チームメンバーが囲む。本来は延長戦の代表選手を決める手続きがあるが、両チームとも検討する必要はない。

清川吾郎は、朝比奈の白い道着姿を探し求める。ようやく視界の片隅に見つけると、よろめきながら歩み寄る。

「あんな怪物の相手を二回もさせて悪かった。ぼくでさえ、へろへろだ」

朝比奈は潤んだ目で、清川をまっすぐに見つめた。

「先輩は誰よりも強い人です。絶対に」

清川は真剣な顔で、朝比奈を見つめた。それから照れて笑う。

「初めて朝比奈に褒められたぞ。こりゃ、がんばるしかないか。さて、と。それじゃあ行ってくる」

立ち上がった清川の背中に女責の塚本の声が掛かる。

「ここまで来たらこの試合はあんたのもの。好きにやんなさい。だけどわかってる？　負けたら丸坊主だからね」

清川吾郎は振り返らず、片手を高く掲げて応えた。口元に微笑が浮かぶ。


「お前の兄貴は強いな。よく引き分けたな、志郎」

「速水先輩が本調子じゃないだけです。あんなヤツ、速水先輩がその気になれば一瞬で吹っ飛びますから」

「いや、お前の兄貴は強い。そしてその兄貴と引き分けたお前も、な」

速水は、自分を取り囲む後輩ひとりひとりと視線を交わす。そして言う。

「ここまでこられたのは、お前たちのおかげだ。だけどここから先は自分のためだけに闘う。期待に応えられないかもしれないが、その時は勘弁な」

激した志郎が速水の肩を摑む。

「今さら何を言っているんですか。これまでだって速水先輩は誰にも気兼ねせず、自分の道を突き進んできたんです。これからだって、ずっとずっとそうなんだ。それは誰にも止められない。だから胸を張って自分の道を行ってください」

うつむいて面の紐を固く結んだ速水は、顔を上げ無言でうなずく。

試合場の真ん中は、台風の目のように穏やかだった。速水と清川はコート中央で向かい合う。代表戦の延長戦。一本勝負のサドンデス。

ここまでくればややこしいことはない。そう、勝負はたった一本。

始め、という主審の声に、ふたりは立ち上がる。

清川は速水が上段に構えるのを、もう阻止しようとしなかった。清川が見守る中、速水は悠然と上段を取った。

速水の上段が完成するのを見届けてから、清川は竹刀の先をゆっくりめぐらせる。そして野球のバッティングフォームのように竹刀を右肩に担ぐ。

清川の本来の構え、陰の位、八相だ。

ふたりの闘いを、観客席から並んで見下ろしているふたつの影があった。

「ち、うまくやれば、僕とあんたの闘いをあそこで見せられたのにな」

極北大の業師・水沢が隣のタコ坊主、崇徳館大の天童に言う。

「お前のこすっからい剣は、はしっこい清川には通用しない。無理だ」

負けじと水沢も言い返す。

「言えた義理か。あんたの単調な上段面打ちだってバカのひとつ覚えで、速水の面とは雲泥の差だろ」

「何を」「何だと」

ふたりは立ち上がり襟首を掴む。やがてむなしさに気づき、互いにそっぽを向いて座り直す。そして試合会場に視線を落とした。

センターコートで対峙したふたり、速水と清川の時間は熟し切っていた。

互いの決め技は一刀流の切り落とし。勝敗は、刹那の狭間で決する。情報戦では清川が有利。速水は清川の秘密兵器が同じ技だと知らない。清川は、そのことを知っている。だがここに至って、清川は自分が有利だと思えなくなっていた。

大会を通じ、速水が打突を繰り出したのはわずか四本。天童の面を叩き割った打突、朝比奈に対して面、そして面から突きへの変化。そしてさきほど自分の面を打ち据えた一撃。

清川は、速水の打突速度を体感として消化し切れていない。切り落としの極意は相手の打ちこみを見据え、打ちこみ自体を叩き落とす点にある。それには相手の打突速度を覚知することが必要だ。その情報なしでは迷いが生じ、相手の打突が先行しかねない。タイミングを間違えば、単純な打突を喰らってしまう。

相手の決め技に関する情報があることが、かえって清川の迷いを増幅した。

――クソ、タヌキ親父め。

高階顧問が流してくれた情報が、土壇場で自分を苦しめることになろうとは。

清川吾郎はため息をつく。

——どうやらあのタヌキ親父は、本気でぼくの坊主頭を御所望のようだ。

清川吾郎は肩をすくめる。

それにしても天ってヤツは、どうしていつもぼくに辛くあたるのだろう。


速水はシンプルだった。清川が八相の構えを取り、勝負は更に単純になった。要は一瞬でも早く相手の面に叩きこめばいい。相手の打突が早ければ、叩き落とす。先の先か。あるいは後の先の切り落としか。それを決するのは時の運。

速水は息を詰め、陽炎のように揺れる清川の姿を、凝視した。

試合場に迷いこんだ一匹の黄金虫(こがねむし)が、天井の蛍光灯のひさしにぶつかった。カン、という乾いた音が静まり返った会場に響く。その瞬間、清川が動いた。まっすぐに速水の面に打ち下ろす。速水は少し遅れて起動。かすかな遅れは後の先、切り落としの極意。集中ゾーンに入った速水は、その剣の軌跡を覚知し、清川の剣を叩き落とすべく一瞬で微調整した。

これで後の先の切り落としが完成する。

速水の脳裏に、自分の打突が清川の面を捉える光景が浮かんだ。

その瞬間、視野が深紅に染まる。

――おかしい。

現れたと思った刹那、姿を消した逡巡(しゅんじゅん)。だが後戻りは不可能。軌道修正し速度調整したにもかかわらず、清川の剣の速度はさらに遅い。予想地点を通過しても、清川の竹刀は姿を現さず、速水の竹刀がそのまま清川の面を捉えそうになる。

その瞬間、見失っていた清川の剣が、忽然(こつぜん)と姿を現す。清川の面を捉えようとしていた速水の剣を叩き落とし、轟音と共に速水の面に殺到した。

清川の剣が無防備な速水の面を断ち割る。速水の身体の中心を、風のように吹き抜ける清川。振り返った速水の眼に、完璧な残心を示した清川の姿が見えた。

時が止まった会場が、真夜中の砂漠のように、しん、と静まり返る。

次の瞬間、降り注ぐ月光のように、燦然(さんぜん)と上がった白旗三本。

「面あり、一本。勝負あり」

会場が大歓声に包まれる。拍手と声援の砂嵐。歓声が渦巻く中、残心を示し続ける清川に、速水はもつれる足取りで歩み寄る。

「お前、今一体何をした？　フェイントか？」

清川吾郎は緊張を解いて、竹刀をだらりと下げる。そしてぼそりと言う。

「秘技、切り落とし燕(つばめ)返し」

速水は呆れた顔で清川を見つめる。

「ただでさえタイミングを見極めるのが難しい切り落としに対し、さらに切り落としを掛け返したのか。バカバカしい。非常識にもほどがある」

速水は呆然として、ぽつんと呟くと、清川も放心したように、言う。

「もう一度やれったって二度とできない。相手がお前じゃなければ不可能だった」

速水はもたれるようにして、清川の肩を抱く。

「完敗だ。この勝負、お前の勝ちだ」

「本当にそう思うか？　この称賛の声を聞いた後でも、そう思えるのか？」

速水は耳を澄ます。面金の奥の速水の表情が驚きに変わる。

会場の声はセンターコートのふたりの英雄の名を讃えていた。だが耳を澄ますと、その歓声は速水の名の方をより強く連呼していた。

中央で蹲踞し互いに礼。自分のチームに帰還した彼らを迎えるチームの様子を見ていると、どちらが勝者でどちらが敗者か、わからなかった。

速水は、主将代行の大役を果たした清川志郎に歩み寄る。

「悪かった。負けちまったよ」

清川志郎はごしごしと目を腕でこする。それから速水の胸を拳で突く。

何か言おうと口を開くが、言葉は出ない。他のメンバーも速水を取り囲む。

速水は自分を見つめる視線を感じ、観客席を見上げる。いつの間にか一般観客席に移動した大会実行委員長・高階顧問と目が合った。その目は笑っていた。

優勝した帝華大陣営。清川吾郎は朝比奈ひかりに歩み寄る。

「ま、ざっとこんなもんさ」

朝比奈は潤んだ目を上げる。清川はその視線を一瞬受け止めてから、背後に控えるメンバーたちに向かって、竹刀を高く掲げる。

「ぼくたちは勝った。去年、置き忘れてきた医鷲旗を持って帰るぞ」

雄叫(おたけ)びが上がる。清川はうつむいて、小さくつけ加える。

「素晴らしい夏だ。みんなのおかげでぼくも坊主にならなくて済んだし、ね」

女責の塚本が歩み寄り、清川の頭をはたく。

「最後の最後がそれなのね。本当にあんたってどうしようもないろくでなしだわ」

清川は頭をかきながら、あけっぴろげの笑顔を塚本に向けた。

表彰式では決勝戦を闘った両チームのキャプテンが一緒に医鷲旗を受け取った。清川吾郎が速水を台上に無理矢理引っぱり上げたのだ。前代未聞の出来事だが、会場の内に異を唱える者は誰もいなかった。速水は清川を軽くにらむ。

「こんなことでチャラにできたと思うなよ」

「わかってるさ。でもこうでもしないと、ヒーローになるはずの晴れ舞台で、ブーイングを食らっちまうからね」と清川はへらりと笑う。

「本当に腹黒いヤツだな、お前って」と言われ、清川は笑顔になる。

両雄の握手によって、会場の熱狂は最高潮に達した。速水晃一と清川吾郎はふたりで医鷲旗を高く掲げ、その歓声に応えた。

夕闇の中、実行委員が会場の後かたづけをしていた。東城大学医学部のレギュラー陣も鈴木の適切かつ峻厳な指示の下、手伝いをしている。

その様子を、観客席から見下ろしているふたつの影があった。

「今回の医鷲旗は借り物だと思っておくよ」

清川が医鷲旗を片手で持ちながら言う。速水は笑う。

「勝負は勝負。お前の勝ちだ」

「それはそうなんだけど、一応こう言っておくのが礼儀ってもんでしょ」

清川の言葉に、速水は呆れ顔で応える。

「しかしまあ、ムカつくヤツだな、お前は。少しは弟の生真面目さを見習えよ」

「よく言われる。そうだ、兄として礼を言っておかないといけないな。あの甘ったれをよくあそこまで鍛えてくれたもんだ」

「俺は何もしてない。アイツが自分で勝手に育ったんだ」

ふたりは、窓から差しこむ夕陽の光を眺める。速水が呟く。

「結末は気にくわないけど、まあ、よかったかな」

「ああ、最後が素晴らしかったから、よけい楽しかった」

「いつかどこかできっちり決着をつけようぜ」

「ぼくはごめんだね。お前とあんな風に闘うのは、一度こっきりで満腹さ」

「医鷲旗は借り物だと言っていたくせに、このままバックレるつもりなのかよ」

速水の言葉に、清川はへらりと笑う。

「当たり前だろ。勝ち逃げだけが人生だもの」

「ち、きったねえヤツ」

速水は吐き捨てる。ふたりの会話は、ぽつりぽつりと続いた。

間もなく閉館です、という館内放送に、ふたりは立ち上がる。

「じゃあ、いつかまた。そうだな、剣道場以外のどこかで、な」

清川吾郎が言うと、速水はうなずく。

「ああ。またな」

互いの胸を拳で突き、一瞬真剣なまなざしになる。

互いに背を向け、正反対の方向へ歩き出したふたりの姿を、夕陽が照らし出す。

第三十八回医鷲旗は、ふたりの英雄の握手と決別によって、終幕を迎えたのである。

◇

その後。

帝華大の伏龍・清川吾郎は、医鷲旗の栄誉を手にし、天高く昇龍となり浮き世の栄華を収め続けた。やがて彼は自分の属する領域のトップに登りつめる。

東城大の猛虎・速水晃一は、行く先々で目の前の現実に吼え続け、壁を壊し、行く先々で伝説を作り続ける。

天を行く清川吾郎。地を駆ける速水晃一。

両雄は、医療を崩壊に導こうとしている世の潮流に逆らい格闘をし続けることになる。

そう、彼らは時代が変わり、どこにいようとも剣士だった。

巨大な現実に立ち向かおうとする時に胸をよぎるのは、かつて自分の前に立ちふさがった好敵手の存在だった。あの試合を思えば、目の前の困難などさほどのことはない、と思えるのだった。

高階顧問の予言は当たっていた。

東城大の猛虎・速水晃一は、自らを縛りつけていた鎖を解き放ち、帝華大の伏龍・清川吾郎は、わが身にかけられた呪いを解脱(げだつ)した。

ふたりの英雄の覚醒には互いの存在が必要だった。この物語は、ふたつの運命が交錯した眩(まばゆ)い奇跡の瞬間の、破壊と生成の神話だったのである。

了

■この作品は二〇〇八年八月に文藝春秋より単行本が刊行され、二〇一〇年八月に文春文庫に収録された『ひかりの剣』を加筆修正し改題したものです。

|著者| 海堂 尊　1961年、千葉県生まれ。作家・医学博士。2005年『チーム・バチスタの栄光』で第4回「このミステリーがすごい！」大賞を受賞し、翌年デビュー。「桜宮サーガ」と呼ばれる同シリーズは累計1700万部を超え、多数がドラマ化、映画化される。最新の映像作品は2024年7月からのTBS日曜劇場「ブラックペアン シーズン2」。近著はコロナ三部作の最終作『コロナ漂流録』（宝島社文庫）、『奏鳴曲 北里と鷗外』（文春文庫）など。最新刊は『プラチナハーケン1980』（講談社）。

ひかりの剣1988

海堂 尊



2024年7月12日第1刷発行

講談社文庫
定価はカバーに
表示してあります

発行者——森田浩章
発行所——株式会社 講談社
東京都文京区音羽2-12-21　〒112-8001
電話 出版（03）5395-3510
販売（03）5395-5817
業務（03）5395-3615

Printed in Japan

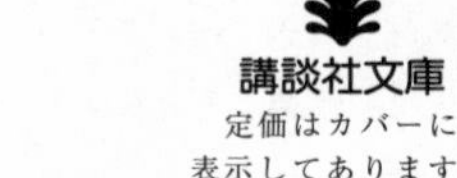


デザイン—菊地信義
本文データ制作—講談社デジタル製作
印刷———株式会社KPSプロダクツ
製本———株式会社国宝社



ISBN978-4-06-536360-7

# 講談社文庫刊行の辞

二十一世紀の到来を目睫に望みながら、われわれはいま、人類史上かつて例を見ない巨大な転換期をむかえようとしている。

世界も、日本も、激動の予兆に対する期待とおののきを内に蔵して、未知の時代に歩み入ろうとしている。このときにあたり、創業の人野間清治の「ナショナル・エデュケイター」への志を現代に甦らせようと意図して、われわれはここに古今の文芸作品はいうまでもなく、ひろく人文・社会・自然の諸科学から東西の名著を網羅する、新しい綜合文庫の発刊を決意した。

激動の転換期はまた断絶の時代である。われわれは戦後二十五年間の出版文化のありかたへの深い反省をこめて、この断絶の時代にあえて人間的な持続を求めようとする。いたずらに浮薄な商業主義のあだ花を追い求めることなく、長期にわたって良書に生命をあたえようとつとめるところにしか、今後の出版文化の真の繁栄はあり得ないと信じるからである。

同時にわれわれはこの綜合文庫の刊行を通じて、人文・社会・自然の諸科学が、結局人間の学にほかならないことを立証しようと願っている。かつて知識とは、「汝自身を知る」ことにつきていた。現代社会の瑣末な情報の氾濫のなかから、力強い知識の源泉を掘り起し、技術文明のただなかに、生きた人間の姿を復活させること。それこそわれわれの切なる希求である。

われわれは権威に盲従せず、俗流に媚びることなく、渾然一体となって日本の「草の根」をかたちづくる若く新しい世代の人々に、心をこめてこの新しい綜合文庫をおくり届けたい。それは知識の泉であるとともに感受性のふるさとであり、もっとも有機的に組織され、社会に開かれた万人のための大学をめざしている。大方の支援と協力を衷心より切望してやまない。

一九七一年七月

野間省一